海岱诗丛（第二辑）

诗韵花都

山 东 诗 词 学 会
中共牡丹区委宣传部 编
牡丹区文学艺术界联合会

中国书籍出版社
China Book Press

图书在版编目（CIP）数据

诗韵花都 / 山东诗词学会，中共牡丹区委宣传部，牡丹区文学艺术界联合会编．-- 北京：中国书籍出版社，2022.9

（海岱诗丛．第二辑；4）

ISBN 978-7-5068-9178-3

Ⅰ．①诗… Ⅱ．①山… ②中… ③牡… Ⅲ．①诗集－中国－当代 Ⅳ．① I227

中国版本图书馆 CIP 数据核字（2022）第 163565 号

诗韵花都

山东诗词学会　中共牡丹区委宣传部　牡丹区文学艺术界联合会　编

策　　划	毕　磊
责任编辑	毕　磊
责任印制	孙马飞　马　芝
封面设计	庄俨俨
出版发行	中国书籍出版社
社　　址	北京市丰台区三路居路 97 号（邮编：100073）
电　　话	（010）52257143（总编室）　（010）52257153（发行部）
电子信箱	eo@chinabp.com.cn
经　　销	全国新华书店
印　　刷	山东麦德森文化传媒有限公司
开　　本	787×1092 毫米　1/16
字　　数	4600 千字
印　　张	226
版　　次	2022 年 9 月第 1 版　2022 年 9 月第 1 次印刷
书　　号	ISBN 978-7-5068-9178-3
定　　价	480.00 元（全 12 册）

版权所有，翻印必究

海岱诗丛（第二辑）
《诗韵花都》编纂委员会

主　　编：赵润田
执行主编：阎兆万　李淑梅
编　　辑：贺宗仪　马明德　辛崇发

海岱诗丛·总序

　　经过一番忙碌，海岱诗丛终于面世了。山东诗词学会诸位同仁推我作序，欣欣然而从命。

　　海岱者，山东之谓也。这套丛书收录的是当下山东诗人及诗词爱好者刚刚创作的诗、词、曲、赋，花开千树，清露未晞，芳香浓郁。丛书出全，约费五年之功，达百册之巨，规模可类《全唐诗》，是新时代山东诗词创作的盛大检阅，亦是齐鲁诗坛俊逸之才的精彩展示。

　　山东地处黄河下游，历史悠久，文化厚重。在这片英雄的土地上，我们的先人创造了源远流长、光辉灿烂的文化。就诗词而言，从孔夫子删编《诗经》算起，两千多年来，历代诗人词家灿若群星，名篇佳作难以胜数，尤其出了刘桢、王粲、李清照、辛弃疾、张养浩、王禹偁、晁补之、李攀龙、谢榛、王士禛等宗师大家，皎如日月，彪炳诗坛。时至今日，齐鲁大地诗风甚盛。嘉节吉时，常见诗人雅会，乡镇社区，时闻吟诵之声，年无分长幼，皆以习诗为雅、能诗为荣。尤其近年党中央倡导弘扬中华优秀传统文化，诗词事业更得浩荡东风，千帆竞发，百舸争流，蓬蓬勃勃，一派兴盛气象。

　　山东诗词学会，成立于一九八四年，是在省民政厅注册登记的民间社团组织，隶属于省政协办公厅，以推动诗词繁荣为宗旨。面对先贤昔日辉煌，面对时代强力呼唤，面对文朋诗友殷切期待，二〇一九年四月，全省第四次会员代表大会提出，以习近平新时代中国特色社会主义思想为指导，团结奋斗，扎实工作，推动山东诗词事业持续健康发展，力争早日使山东诗词整体水平，与山东人口大省、文化大省、诗词大省的地位相匹配，与山东在全国经济社会格局中的地位相匹配，为实现省委、省政府提出的"走在前列，全面开创"的总体要求、为建设现代化强省贡献力量。围绕落实既定目标，于是就有了"六个一"活动，包括有了这套海岱诗丛。

所谓"六个一"活动，是省学会与县市区优势互补、互利共赢、联手推动诗词发展的一种合作模式。具体做法是，由县市区负担所需经费、组织人员、提供场地，而省学会在一年内为其提供六项服务。包括在该县市区举办一次高端诗词培训，邀请一批省内外著名诗词专家讲座，与文朋诗友面对面切磋指导；组织著名诗人进行一次采风活动，创作诗词曲赋，赞美该区域悠久历史、著名景点、淳厚风情；组织一次诗词有奖征文比赛，巩固培训成果，让风人骚客同场竞技、展示才华；策划一次集中宣传报道，在省以上报刊网站，全面推介该县区发展成就、经济优势、文旅特色、典型经验；正式出版一册诗集，汇纳该区域优秀诗作，展示诸位诗友胸襟才情，反映独特社会风貌；收集一套涵盖该县区历代诗人诗作资料，从先秦至民国，应收尽收，由省学会汇总编入《山东诗藏》，以资后世学习研究之用。

作为丛书，作者众，诗作多，规模大，则长短兼具，瑕瑜互见。优势在于，覆盖面大，代表性强，品类齐全，美不胜收。其中既有抗洪抗疫之时代强音，犹如黄钟大吕，振聋发聩，也有城乡工农之平凡生活，寓目辄书，情趣横生；既有春花秋月夏云冬雪传统美境，也有高铁航天手机网络现代意象。春兰秋菊，各擅胜场，慢慢品酌，各有妙处。正如一滴水可以折射太阳的光辉，当连续吟诵、沉湎欣赏、慨叹时代生活的丰富繁华，感受诗人词家的情感激荡之外，可以体悟各种抒发背后的骄傲与自信、悠闲与满足、宽容与厚重、开放与张扬，这些都是经历过大起大落、处在奋发向上环境中所特有的。它充满生机活力，属于我们这个特定时代。

丛书之长，恰恰亦为其短。诗坛耆老味道醇美之作，只是一类，书中还确有些初窥门径，几近处女之作，犹之孩童蹒跚学步，其作品稚嫩一目了然，此类作品在书中占有一定比重。省学会已注意到这个问题。非不为也，实不能也。要提高其质量，并非一日之功，而省学会精锐饱学之士也为数非多，难以具体指导，况且时间也不允许。面对这种境况，只要政治立场、情感基调无大偏差，格律说得过去，我们就放行录入。这就使得该书诗作参差不齐，确有个别作品可能难入法眼，只能请方家以允许百花齐放之博大胸襟，予以包容。然而依我浅见，对初学之人、年轻后辈，也未可小觑。一番勤学善思，"干之以风力，润之以丹彩"，有佼佼者成长为辛、李大家，也未可知。毕竟世间无奇不有，万事皆有可能！

相对既定目标，当前所为，不过刚刚开端，展望今后，任重而道远。但既然走出第一步，有了决心、行动、典型和经验，达成既定目标便没有任何游移和悬念。可以设想，五年又或六年，当所有计划项目都事功圆满之后，山东大地，会有更多的人喜欢诗词、吟诵诗词，创作诗词，诗词大军更加宏大而严整；海岱诗坛，会有更多精品力作，如泉喷涌，万紫千红，新干老枝愈益果实累累。那时，回望今日，我们会为自己做了正确而大有价值之事，而感到骄傲和自豪。

是为序。

赵润田

二〇二二年八月

序

  牡丹区诗词学会又一部诗集与大家见面了。这是大家心血智慧和才华的结晶，也是各级党委政府关爱支持的结果。没有省市诗词学会特别是老领导的指导和关怀，这部诗集的文字水平和出版档次也不会这么高。

  这两年，在省市诗词学会的影响和带动下，牡丹区诗词创作队伍迅速壮大，现已发展到120多人（我们还在区教育系统设立了分会）。他们中有上世纪八十年代即活跃文坛的老作者，有专业素养较高笔耕不辍的著名作家，有躬耕一线的中小学教师，也有退休后焕发青春的各级干部。他们一个共同特点是热情高，来得快，尽管学识悬殊，水平不一，但都体现了热爱文学艺术、热情讴歌时代的主旋律和高尚情操。

  读完这部诗稿，我感到由衷的高兴。我不会写诗，但我一直是忠实的读者。我爱诗词，更爱这支充满生机和活力的队伍。我愿意尽一己之力扶植和服务于这支队伍，几年来我和几位热心的副会长组织大家采风、会友、培训、研讨、征文、结集，建立了深厚的感情，也获得了丰硕的成果。大家看到的已经是第三部了。

  一卷在手，我感悟着诗词之美，感悟着中华民族源远流长的传统文化的魅力，也感悟着人们对新时代新生活的向往与希冀。是啊，诗者言情，诗者言志。这话古已有之，文艺自有后来人。盛世多颂歌，诗词创作再度成为文艺战线上的轻骑兵！

  他们用诗词描绘春天，歌颂英模，赞美生活。这些作品汇集起来，仿佛看到一幅幅充满诗情画意的迷人画卷——长虹桥下的杏花，牡丹园里的芬芳，赵王河的白鹭，七里河的晚霞……我们读到的不止是诗人对大自然的赞美，更是菏泽人民对美好生活的期待和向往。

在这些诗词里四季节气、风月物华都洋溢着政通人和、国泰民安的氛围。无论是"七一"建党节、"八一"建军节、"十一"国庆节，还是中华民族的传统节日，他们都会用饱含深情的笔墨去讴歌钢铁长城和党的光辉，去赞誉改革开放带来的美好生活。

我常常被他们的作品流露的激情感动着，感染着，激励着，他们对祖国、对家乡、对大自然的深情，对脚下这块土地，这块牡丹飘香的地方那份浓浓的深情，这无疑是当下意识形态领域里的一股强劲东风，是社会发展、时代前进需要的正能量。

当然，就整体来讲，我们的创作水平还不很高，工作中还有扶持不够、激励不到位的情况，这都需要加强和改进。我热切期望队伍越来越强大，作品越来越好！

牡丹区政协原副主席、牡丹区诗词学会会长　李春林
二〇二二年八月

目 录

◎ 海岱诗丛·总序

◎ 序

第一辑 "诗韵花都"采风作品

耿建华 ································· 01

 曹州牡丹园（新韵） ··················· 01

 再咏曹州牡丹园（新韵） ··············· 01

 恨春迟·游曹州百花园 ·················· 01

郝铁柱 ································· 01

 游牡丹园 ···························· 01

 百花园 ····························· 02

 中国牡丹园 ·························· 02

 奇珍牡丹艺术馆 ······················ 02

 牡丹区吟 ···························· 02

杨守森 ································· 02

 菏泽牡丹物语（五首） ················ 02

阎兆万 ·· 03
    曹州牡丹园留句 ······················· 03
孙　伟 ·· 03
    记牡丹 ······································· 03
王志静 ·· 03
    游牡丹园 ···································· 03
陈允全 ·· 04
    春到牡丹园（古风） ················· 04
王厚今 ·· 04
    赏牡丹综合基地（新韵） ········· 04
    曹州牡丹吟 ································ 04
薄慕周 ·· 05
    牡丹（新韵） ··························· 05
    游曹州牡丹园（新韵） ············ 05
    玉皇现代种植园（新韵） ········ 05
朱宪华 ·· 05
    三春春博园 ································ 05
    参观长兴村台（二首） ············ 05

第二辑　"诗韵花都"应征作品

于志超 ·· 06
    游曹州牡丹园遐思（新韵） ····· 06
于明华 ·· 06
    情寄牡丹之乡 ··························· 06
    咏牡丹 ······································ 06

于虹霞 ·· 07
　　赏牡丹花海 ·· 07
　　花海怡情（新韵） ······································ 07
马红霞 ·· 07
　　园丁颂 ·· 07
　　行香子·春到环堤畔 ···································· 07
　　青玉案·绮园桃花度 ···································· 08
　　鹧鸪天·悼袁公 ·· 08
　　浣溪沙·踏青 ·· 08
　　定风波·清明踏青 ······································ 08
　　如梦令·木笔叹春分 ···································· 08
马建军 ·· 09
　　踏莎行·诗韵花都 ······································ 09
王　斌 ·· 09
　　满江红·春踏丹园 ······································ 09
王文胜 ·· 09
　　牡丹 ·· 09
　　春分有感 ·· 09
　　游孙膑故里有感 ·· 10
　　牡丹吟 ·· 10
　　关于稗子 ·· 10
　　晨练有感（新韵） ······································ 10
　　砀山梨花 ·· 10
　　悼袁隆平院士 ·· 10
王亚丽 ·· 11
　　仿沁园春·菏泽 ·· 11

王志刚 …… 11
　　曹州牡丹颂 …… 11
　　咏曹州牡丹 …… 11
王志伟 …… 11
　　牡丹区赏牡丹园（新韵） …… 11
王克华 …… 12
　　牡丹（新韵） …… 12
王秀芬 …… 12
　　牡丹园有感（新韵） …… 12
　　牡丹花开（新韵） …… 12
　　白牡丹（新韵） …… 12
王迩宾 …… 13
　　咏牡丹园（新韵） …… 13
王厚今 …… 13
　　赏油用牡丹观赏牡丹综合基地 …… 13
　　曹州牡丹吟 …… 13
　　题四大名品牡丹（四首） …… 14
王维宝 …… 14
　　观曹州牡丹（二首） …… 14
　　情系牡丹花 …… 15
　　门前牡丹开花了 …… 15
王德金 …… 15
　　魅力牡丹区八首（古风） …… 15
　　念奴娇·牡丹区新貌 …… 18
牛俊人 …… 19
　　至牡丹区赏观牡丹 …… 19

公茂智 ·· 19
  十样花·咏牡丹区 ································ 19
书　画 ·· 19
  赞曹州木版年画（四首） ·························· 19
卢玉莲 ·· 20
  咏焦骨牡丹 ·· 20
  墨牡丹 ··· 20
  牡丹遐思 ··· 20
  临江仙·牡丹遐思 ································ 20
  满庭芳·游曹州牡丹园 ·························· 21
卢旭逢 ·· 21
  临江仙·赞牡丹区 ································ 21
卢尚举 ·· 21
  曹州牡丹园（新韵） ······························ 21
叶兆辉 ·· 21
  游牡丹区逢友招饮感怀 ·························· 21
白圣海 ·· 22
  赵王河畔小游 ····································· 22
师恩华 ·· 22
  联语（二副） ····································· 22
乔　莉 ·· 23
  雨游七里河 ·· 23
  祭　花 ··· 23
刘　猛 ·· 23
  爱我家乡牡丹区 ··································· 23
  行香子·人杰地灵牡丹区 ······················· 23

刘臣民 ············ 23
　　谷雨飞花 ············ 23
　　牡丹诗赞 ············ 24
　　"五一"郊游 ············ 24
　　芒种随感 ············ 24
　　雨荷行舟 ············ 24
　　田园撷趣 ············ 24
　　淡品金秋 ············ 24
　　雪兆农家 ············ 25
　　曹州新观 ············ 25
　　"七一"浅唱（四首） ············ 25

闫淑萍 ············ 26
　　鹧鸪天·寄情牡丹区 ············ 26

朱保勤 ············ 26
　　花都夏韵 ············ 26
　　无　题 ············ 26
　　赞驻村干部（新韵） ············ 26
　　黄河吟（新韵） ············ 27
　　忆江南·花都赞（三首） ············ 27
　　鹧鸪天·牡丹机场开航赞 ············ 27
　　浣溪沙·咏白牡丹 ············ 27

安立红 ············ 28
　　牡丹（新韵） ············ 28
　　牡丹园（新韵） ············ 28

苏庆龙 ············ 28
　　赞牡丹 ············ 28

赞黄河 ······ 28
赞强国强军 ······ 28
归　乡 ······ 29
巨　变 ······ 29
咏　党 ······ 29

杜明生
牡丹赋 ······ 29
思乡赋 ······ 30

李曰助 ······ 31
赞菏泽牡丹 ······ 31
沁园春·牡丹 ······ 31

李明江 ······ 32
欢聚佳合 ······ 32
花城秋 ······ 32
闹元宵 ······ 32
春到花城 ······ 32
听　潮 ······ 32
秋　后 ······ 32
荷 ······ 33
秋 ······ 33
冬至花城 ······ 33
听　潮 ······ 33

李明军 ······ 33
牡　丹 ······ 33

李跃贤 ······ 34
沁园春·牡丹区新貌 ······ 34

鹧鸪天·赞牡丹区扶贫攻坚 …… 34

吴文双
七里河 …… 34
牡丹初放 …… 35
春到赵王河 …… 35
骑游环堤公园 …… 35
谷雨牡丹开 …… 35
环城公园 …… 35
大美赵王河 …… 36
鹧鸪天·牡丹花开客如潮 …… 36
鹊桥仙·环城河 …… 36
沁园春·赵王河今昔 …… 36

吴成伟
过曹州牡丹园（平水韵）…… 37

张 鹏
游曹州牡丹园 …… 37

张令效
游牡丹之乡有怀 …… 37

张立芳
老汉说脱贫 …… 38
牡丹区火龙果农家致富 …… 38
临江仙·中国牡丹园旅游致富 …… 38
临江仙·苹果采摘园 …… 38

张秀娟
西江月·诗韵花都 …… 39

张冠军	39
牡丹之乡话牡丹	39
张树路	39
春日过牡丹区赏牡丹	39
张效宇	39
鹧鸪天·花都寄怀	39
张新荣	40
题花都牡丹（二首）	40
张德民	40
牡丹赋	40
范黎青	40
花都诗韵	40
罗　伟	41
牡丹区赏牡丹	41
郑昌文	41
牡丹吟（新韵）	41
立　春	41
元宵同庆（新韵）	41
芒种时	41
无　雪	42
冬至日	42
腊　八	42
点将台（新韵）	42
咏雪（新韵）	42
白雪回春	42
纸鸢少年	43

小满情 ··· 43

郑泽珍 ··· 43
　　村官小吟 ··· 43
　　【正宫·塞鸿秋】听母叨叨絮 ··· 43
　　【正宫·塞鸿秋】马路口新风（新韵）······························· 43

郑淑鹏 ··· 44
　　参观花都仍留香（新韵）··· 44
　　游花都牡丹园（新韵）·· 44
　　[商调·满堂红]高歌牡丹满堂红（新韵）··························· 44
　　[正宫·塞鸿秋]牡丹区跟党进康庄（新韵）······················· 44
　　[中吕·卖花声]牡丹区新象（新韵）·································· 44

承　洁 ··· 45
　　水调歌头·诗韵花都 ··· 45
　　水调歌头·牡丹区脱贫攻坚战 ·· 45

孟庆凤 ··· 45
　　谷雨牡丹残 ··· 45
　　晚　色 ·· 45
　　赞赵王河 ··· 46
　　七里晨光 ··· 46
　　赞菏泽赵王河 ·· 46
　　破阵子·丹芽赤妆 ·· 46
　　鹊桥仙·丹华初现 ·· 47
　　清平乐·花冠天下 ·· 47
　　青玉案·谁解桃花 ·· 47

赵仁胜 ··· 47
　　咏花都（新韵）··· 47

赵叙强 ······ 48
见证母校换新颜（古风） ······ 48

段翠兰 ······ 48
牡丹区赞歌（赋体） ······ 48

耿金水 ······ 49
赏蓝牡丹（新韵） ······ 49
暮春观牡丹有思（新韵） ······ 50

聂振山 ······ 50
黄　河 ······ 50

晁淑华 ······ 50
鹧鸪天·春分 ······ 50
蝶恋花·谷雨叹落花 ······ 50

高怀柱 ······ 50
游菏泽牡丹园（三首） ······ 50

郭小鹏 ······ 51
春到牡丹区（新韵） ······ 51
诗题中国牡丹园（新韵） ······ 51

郭良坤 ······ 51
观牡丹区赵楼牡丹有寄 ······ 51
咏牡丹 ······ 52
与苏甘沪鄂鲁诗友雨后曹州牡丹园 ······ 52
赞牡丹区环卫工 ······ 52
牡丹区脱贫攻坚赞（六首） ······ 52
牡丹区新村貌（二首） ······ 53
牡丹区环保赞 ······ 53
卜算子·白牡丹 ······ 54

鹧鸪天·礼赞牡丹区环卫工 …… 54
鹧鸪天·咏曹州牡丹 …… 54
菏泽牡丹赋 …… 54

唐海民 …… 56
咏曹州牡丹园 …… 56

桑贤春 …… 56
采桑子·牡丹冬日开 …… 56
少年游·春雨牡丹开 …… 56
海棠春·牡丹游春 …… 56
望江东·乌羽玉黑牡丹 …… 56
清平乐·春红娇艳牡丹 …… 57
青门引·菏泽绿美牡丹园之红肥绿瘦得诗灵 …… 57
留春令·曹州牡丹开 …… 57
阮郎归·春到牡丹园 …… 57
南歌子·花二乔牡丹 …… 57
点绛唇·菏泽白鹤卧雪牡丹 …… 57

崔同凡 …… 58
环堤公园二首（新韵） …… 58
环堤公园八咏（古风） …… 58

鲁凤梧 …… 59
咏曹州牡丹园 …… 59

鲁海信 …… 59
建党百年缅怀先烈王登伦 …… 59
盛赞牡丹区 …… 59

蔡浩彬 …… 60
沁园春·咏牡丹区新发展 …… 60

魏庆军 …………………………………………………… 60

　　春到花都（古风） ………………………………… 60

第三辑　"诗韵花都"交流作品

丁爱英 …………………………………………………… 61

　　望海潮·冬游菏曹运河湿地 ……………………… 61

万鲁岱 …………………………………………………… 61

　　曹州牡丹冠天下（新韵） ………………………… 61

　　赞牡丹区低温催花（新韵） ……………………… 61

马红霞 …………………………………………………… 62

　　步蟾宫·声援西安抗疫 …………………………… 62

　　如梦令·木兰叹 …………………………………… 62

　　减字木兰花·元夕夜 ……………………………… 62

马爱云 …………………………………………………… 62

　　贺十九届六中全会（新韵） ……………………… 62

马翠华 …………………………………………………… 62

　　学习十九届六中全会公报有感 …………………… 62

王文胜 …………………………………………………… 63

　　乘　机 ……………………………………………… 63

　　樱　花 ……………………………………………… 63

　　秀　松 ……………………………………………… 63

　　欣闻孟晚舟女士回国 ……………………………… 63

　　龙　柏 ……………………………………………… 63

王运思 …………………………………………………… 64

　　游　园 ……………………………………………… 64

赏　花 …………………………………… 64
王德金 ………………………………………… 64
贺十九届六中全会（新韵）………………… 64
祝贺菏泽高铁开通（新韵）………………… 64
学习十九届六中全会有感二首（新韵）…… 64
故乡的赵王河（新韵）……………………… 65
尹正仁 ………………………………………… 65
咏牡丹 ……………………………………… 65
春　日 ……………………………………… 65
卢　明 ………………………………………… 65
牡丹赋 ……………………………………… 65
白凤英 ………………………………………… 67
贺十九届六中全会 ………………………… 67
仝传景 ………………………………………… 67
夏日园憩（新韵）…………………………… 67
朱保勤 ………………………………………… 68
贺十九届六中全会（新韵）………………… 68
朱宪华 ………………………………………… 68
葵　邱 ……………………………………… 68
参观东明县长兴村（二首）………………… 68
乔　莉 ………………………………………… 68
贺十九届六中全会 ………………………… 68
刘臣民 ………………………………………… 69
贺全国文代会、作代会胜利召开（二首）… 69
感　时 ……………………………………… 69
秋雨新观 …………………………………… 69

秋蝉悟 ··· 69

　　又见丽日（新韵） ······································· 69

　　竹林牧牛 ··· 70

　　贺新中国 72 岁华诞（新韵） ····························· 70

　　缅怀领袖毛主席 ··· 70

　　田园新秋 ··· 70

闫淑萍 ·· 71

　　学习六中全会公报有感 ··································· 71

孙传仁 ·· 71

　　游曹州牡丹园 ··· 71

　　天　问 ··· 71

苏庆龙 ·· 71

　　贺十九届六中全会 ······································· 71

李明江 ·· 71

　　引领者 ··· 71

吴文双 ·· 72

　　浣溪沙·陪伴 ·· 72

　　眼儿媚·初雪 ·· 72

　　武陵春·冬 ·· 72

时维亮 ·· 72

　　访沈从文故居（古风） ··································· 72

宋文静 ·· 72

　　此　刻 ··· 72

　　一切皆在 ··· 73

　　种花人 ··· 73

汪其元 ··· 73
　　麒麟颂 ·· 73
　　走进农村看小康 ·· 73
　　曹州牡丹甲天下 ·· 73

张广钦 ··· 74
　　过冬至（新韵）·· 74

张元春 ··· 74
　　元　旦 ·· 74

郑昌文 ··· 74
　　赓续礼赞 ·· 74

孟庆凤 ··· 74
　　冬至（新韵）··· 74
　　立　秋 ·· 75
　　正月杏花蕾（新韵）··· 75
　　立　夏 ·· 75
　　七里晨光 ·· 75
　　冬雨落残（新韵）··· 76
　　薄雪踏晨（新韵）··· 76

赵统斌 ··· 76
　　咏天香 ·· 76
　　赞国色（新韵）·· 76

赵勤虎 ··· 77
　　忆游曹州牡丹园（新韵）··· 77
　　游单父陈子春墓二首（新韵）···································· 77

郝　汇 ··· 77

冬夜游园（古风） ……………………………………… 77

　　寻马齿苋有感（古风） …………………………………… 77

　　春钓（古风） ……………………………………………… 78

　　春耕（古风） ……………………………………………… 78

　　薯秧行（古风） …………………………………………… 78

郝远进 …………………………………………………………… 79

　　仿清平乐·观赵王河游艇 ………………………………… 79

　　仿临江仙·赞菏泽立交桥 ………………………………… 79

俞志顺 …………………………………………………………… 79

　　观桥感怀（古风） ………………………………………… 79

段翠兰 …………………………………………………………… 79

　　曹州牡丹（新韵） ………………………………………… 79

　　鹧鸪天·牡丹 ……………………………………………… 80

姜　方 …………………………………………………………… 80

　　游子思归 …………………………………………………… 80

　　春塘趣事 …………………………………………………… 80

袁玉军 …………………………………………………………… 80

　　巫山一段云·玫瑰 ………………………………………… 80

　　采桑子·沐雨石榴花（新韵） …………………………… 81

　　浪淘沙·木槿花 …………………………………………… 81

袁永波 …………………………………………………………… 81

　　夜登千佛顶志异（古风） ………………………………… 81

　　花事尽 ……………………………………………………… 83

袁志民 …………………………………………………………… 84

　　洙河山影 …………………………………………………… 84

　　踏莎行·麟野秋望 ………………………………………… 84

清平乐·麟城初冬 …………………………………… 84

郭心广 ……………………………………………………… 84
　　琴艺（古风） ……………………………………… 84
　　小酌（古风） ……………………………………… 84
　　曹州（古风） ……………………………………… 85

桑仁桥 ……………………………………………………… 85
　　本溪红叶 …………………………………………… 85
　　登神木天台山 ……………………………………… 85
　　【中吕】十二月带过尧民歌·游泰山 …………… 85

桑贤春 ……………………………………………………… 85
　　菩萨蛮·贺十九届六中全会决议 ………………… 85
　　菩萨蛮·于壮利老师国画花鸟条幅展 …………… 86
　　菩萨蛮·菏泽青年湖畔风光拍摄 ………………… 86

寇素华 ……………………………………………………… 86
　　贺十九届六中全会 ………………………………… 86

窦从海 ……………………………………………………… 86
　　贺菏泽牡丹机场通航 ……………………………… 86
　　牡丹区蝶变 ………………………………………… 86
　　反腐倡廉 …………………………………………… 87

戴朝阳 ……………………………………………………… 87
　　大雪咏牡丹 ………………………………………… 87

李景香 ……………………………………………………… 87
　　游牡丹园 …………………………………………… 87
　　乡村风光 …………………………………………… 88

第一辑 "诗韵花都"采风作品

◆ 耿建华

曹州牡丹园（新韵）

雍容华贵散天香，赏罢白茸赏紫黄。

巧手栽培花百色，曹州庆有牡丹王。

再咏曹州牡丹园（新韵）

昔日秋翁遇女仙，今朝白首访春园。

天香怒放三千里，国色江山喜竞妍。

恨春迟·游曹州百花园

卉海人潮佳气暖，携俊友，同入芳园。魏紫伴姚黄，玉面迎星眼，探寻上春山。　据贵曾迷君王看，李白赋，醉倚雕栏。莫怨东风使恶，香散魂消，云裳飘逐飞鹇。

◆ 郝铁柱

游牡丹园

头顶花环增色香，人流花海喜洋洋。

南腔北调花中影，百卉国花链四方。

百花园

枝繁叶茂百芳年，九色牡丹诚可观。

传统品牌珍宝贵，万花村里醉神仙。

中国牡丹园

旧址龙湖四季花，姚黄魏紫赤枫佳。

科研繁育创新意，首案红苞赵粉芽。

注：姚黄、魏紫、首案红、赵粉皆为牡丹珍稀品种名称。

奇珍牡丹艺术馆

突立花题特色明，奇珍异宝震心惊。

琳琅满目赏无尽，今古丹青意纵横。

牡丹区吟

伏羲桑梓创辉煌，国色花开富贵乡。

油品牡丹流海外，天香招悦客八方。

◆ 杨守森

菏泽牡丹物语（五首）

一

静对春风自遣怀，藏于叶下甫初开。

悄窥熙攘观花客，谁肯倾心看我来。

二

远离宠贵近桑麻，走入寻常百姓家。

田垅地头皆惬意，流光溢彩遍中华。

三

姹紫嫣红竞抢拍，无人肯向蕾苞来。
与君约定星光下，你醉春风我绽开。

四

芳香四溢花苞绽，净雅清幽叶瓣新。
仰望苍穹情赖远，邀来蝶舞恋春深。

五

三月阳春花事繁，牡丹园里笑声喧。
拂衣谢送八方客，远散芳香天地间。

◆ 阎兆万

曹州牡丹园留句

不争春早惊浓艳，无意芳菲四月红。
魏紫舒姿呈大气，姚黄玉韵伴清风。
赐名国色谁堪比，闻道天香叶已躬。
远客踏蹊扶老树，虬枝摇向嫩花丛。

◆ 孙　伟

记牡丹

人间四月现芳华，香走山川醉万家。
一夜惊醒千叠浪，临行回首又看花。

◆ 王志静

游牡丹园

才赏牡丹景，还游百卉园。
争奇香艳笑，人醉喜流连。

◆ 陈允全

春到牡丹园（古风）

繁花似锦树上飘，蓓蕾如靥更可娇。
春风十里送鸟语，心香一瓣上柳梢。

◆ 王厚今

赏牡丹综合基地（新韵）

五彩云霞绕眼前，皑皑白雪至天边。
秋郎有意偕仙子，捧籽呈花效世间。

曹州牡丹吟
——瞻和李白《清平调》（三首）

一

华贵端庄皎美容，洋洋十里沁香浓。
年年四月惊天下，花海人潮信喜逢。

二

沉香亭北几多香，寂寞宫闱欲断肠。
为有人间今胜昔，欣欣点缀九州妆。

三

昆明夺冠世人欢，今日群芳刮目看。
四季常开倾国色，可怜武后倚栏杆。

◆ 薄慕周

牡丹（新韵）

香腮粉嫩艳如霞，飞燕西施愧满颊。
奇蕊千般谁称冠，百花笑指魏姚家。

游曹州牡丹园（新韵）

姚黄挥手喜相招，魏紫含羞媚眼抛。
缕缕清香唇齿满，艳阳醉倒半山腰。

玉皇现代种植园（新韵）

玉皇游客笑相扶，豆角黄瓜种进屋，
无土凭空长绿菜，谁挥妙笔绘新图？

◆ 朱宪华

三春春博园

曾经绿植掩风沙，今把江南搬到家。
何止百花争斗艳，香蕉龙眼与枇杷。

参观长兴村台（二首）

一

百姓诚言谢党恩，新楼一改旧农村。
年年都有称时雨，步下乾宫润大坤。

二

破房拆掉换新家，时值农闲学品茶。
应谢如今行善策，院中种下牡丹花。

第二辑 "诗韵花都"应征作品

◆ 于志超

游曹州牡丹园遐思（新韵）

姚黄魏紫望无垠，国色尽沾仙子魂。

起看云深红湿处，天香醉了地球村。

◆ 于明华

情寄牡丹之乡

风梳香逸漫花都，兴赏春韶景色殊。

万物萌情皆有意，百年奋力正通途。

脱贫勿忘勤和苦，弘远攀行陡与岖。

且待闲时邀友坐，斟来美酒尽欢娱。

咏牡丹

生来便是百花王，每展韶颜绚四方。

国色舍君谁与比，天姿逸韵自舒扬。

谪迁雷泽无曾屈，欲抒心扉更吐香。

不慕虚名和富贵，贞娴气节赛姚黄。

注：姚黄即是帝尧和黄帝的合称，亦指牡丹的高贵品质。

◆ 于虹霞

赏牡丹花海

千缕暖芬盈草陂，东风犹染淡胭脂。

牡丹妆就珠帘卷，绿柳摇频紫燕随。

几许溪云湿花影，平分颜色到青眉。

玲珑且束腰身小，占得春光一半痴。

花海怡情（新韵）

云影浮白山影垂，有花安守水之湄。

琉璃著色清犹媚，蝶羽含羞绕更偎。

每爱幽香情脉脉，多怜冷艳意微微。

陶然一忘夕阳下，襟带烟霞缓缓归。

◆ 马红霞

园丁颂

三尺讲台桃李育，百年可塑栋梁培。

待时采菊东篱下，沁满园香硕果偎。

行香子·春到环堤畔

乍暖还寒，春到庄田。晓阴独步谷花前。迎春初绽，鹊鸟啼欢。绿水声传，岸边柳，碧如烟。　　假山行至，嬉娱耳畔。又见童子放鸥鸢。抬眉望远，钓者悠闲。盛世家园，可人意，尽心欢。

注：此作获"诗韵花都"诗词征稿二等奖。

青玉案·绮园桃花度

闻听十里城南路。绮园是,征桥处。携友驱车花节顾。粉腮满树,旋而生慕。频照身长驻。　　春光恰适桃花度。蜂蝶争香别情吐。风雨不明香径语。嬉怡嗔妒,幸承煦护,绽得芳华楚。

鹧鸪天·悼袁公

尽瘁良田两袖风,面朝黄土育初衷。纳凉梦想于禾下,远渡重洋济世穷。　　华夏幸,有神农。功碑伟绩举凡崇。山河踏遍情未了,稻里花香忆袁公。

浣溪沙·踏青

梨绽东风又踏青。寻花信步半春城。无垠天水縠纹平。　　旷野乘兴缘陌行,过桥分野菜薹盛。桃花十里粉妆迎。

定风波·清明踏青

时至清明觅旧踪。过桥分野麦苗葱。怒放黄花墙篱畔。谁恋?朵间蝶舞逐黄蜂。　　新绿又添重掩晕。争忍。琼苞深藏几枝红。园圃果农相借问。凭信。海棠胜却万千丛。

如梦令·木笔叹春分

几日斜风细雨。木笔红妆褪去。次第任欢歌,歌罢寂寥愁予。怀顾,怀顾。花落花开无主。

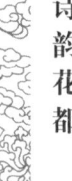

◆ 马建军

踏莎行·诗韵花都

金玉交辉,姚黄魏紫,牡丹天下花都美。黄河览胜古今园,凝香临济瑶池里。　　尧舜家乡,伏羲桑梓。仁人志士垂青史。曲山书海美山东,风光华夏人人喜。

◆ 王　斌

满江红·春踏丹园
——赞"菏泽牡丹"画遨游太空

春踏丹园,心欲醉、型俏百姿。清风阵、喜迎贤客,得意舒眉。花蕾妖娆添秀韵,叶枝鲜翠蕴神奇。赞天香、有淡抹浓妆,情满枝。　　翁静赏,童戏嬉。如"闭月",似"西施"。展斗妍娇媚,回味相思。执笔嚼文歌曲赋,挥毫研墨舞词诗。冠群芳、美画太空游,蓬荜辉。

注:此作获"诗韵花都"诗词征稿三等奖。

◆ 王文胜

牡　丹

本是天仙子,何须列两班。
春留真富贵,恰恰到人间。

春分有感

春天分两半,人已到中年。
我与窗台月,浮沉各半仙。

游孙膑故里有感

兵者多危刃，兵家岂不知。

刖黥悲妙计，恨不在先时。

牡丹吟

岂有腊梅愁远梦，更无桃李慕清欢。

如何默坐春风下，独向花中问牡丹。

注：此作获"诗韵花都"诗词征稿三等奖。

关于稗子

虽然不悔救灾荒，难入今人一口粮。

枉费潇潇时节雨，未知此物可思量。

晨练有感（新韵）

男儿不惑辞三更，每日环堤正练功。

八卦太极都打遍，手机才响上班铃。

砀山梨花

梨园细雨砀山行，莫叹春光半出城。

老树着花知不寐，沧桑一夜到天明。

悼袁隆平院士

家无一日粮，最苦带娃娘。

明月频惊起，寒风每作狂。

经年寻远梦，万里战灾荒。

君了苍生愿，身埋百稻香。

◆ 王亚丽

仿沁园春·菏泽

曹州风光，千里花香，万里河流。望环堤内外，柳吹花俏；赵王河中，碧波荡漾。亭台楼阁，高厦乍起，欲与明珠炫光芒。日暮时，彩灯喷泉，缤纷梦幻。　　大魁牡丹甲天下，引中外游客竞相邀。昔孙膑著书，范蠡经商；宋江聚义，登禹劈狼。尚武术拳，陶丘皮影，成就武术戏曲乡。今菏泽，蓬勃发展，还看今朝。

注：此作获"诗韵花都"诗词征稿三等奖。

◆ 王志刚

曹州牡丹颂

曹州鹿韭甲天下，佳句妙词今古夸。
国色幽香桐月秀，望中绮彩漫无涯。

咏曹州牡丹

众芳辰月淡，盛茂鼠姑妍。
携手珠冠舞，随风玉瓣翩。
昂头祥贵气，挺节瑞灵川。
鹿韭曹州秀，昌隆国运绵。

◆ 王志伟

牡丹区赏牡丹园（新韵）

一朵花开焉富贵，满园春色费艰难。
从来汗水无白淌，且看菏泽遍牡丹。

◆ 王克华

牡丹（新韵）

古今苑里帝王宫，独领丰姿韵味浓。

伶俏寒梅惊动色，闻香愧佩御衣红。

注：御衣红：一种极品牡丹。

◆ 王秀芬

牡丹园有感（新韵）

牡丹园里扣心扉，风墨为凭月作媒。

今日沉思他日事，也曾夺冠洛阳妃。

牡丹花开（新韵）

游客园中共驻足，牡丹亭里忆当初。

往来南北笑相问，君是花间哪一株？

注：此作获"诗韵花都"诗词征稿三等奖。

白牡丹（新韵）

别样牡丹别样春，素衣鞍马少纤尘。

一生所爱唯清静，四月谁人知我心。

◆ 王迩宾

咏牡丹园（新韵）

才看曹州春意美，又听园内鸟蜂鸣。
芳香刚自花中涌，韵致已从枝上生。
国弱国强观气色，年丰年欠映民风。
曾经也懂人间苦，一样悲欢一样情。

注：此作获"诗韵花都"诗词征稿三等奖。

◆ 王厚今

赏油用牡丹观赏牡丹综合基地

五彩云霞绕眼前，皑皑白雪上天边。
有情最是仙家子，化作琼浆奉世间。

曹州牡丹吟
——和李白《清平调》

一

华贵端庄皎美容，洋洋百里沁香浓。
年年四月惊天下，花海人潮信喜逢。

二

沉香亭北几多香，寂寞宫闱欲断肠。
为有人间今胜昔，欣欣点缀九州妆。

三

昆明夺冠古州欢，今日群芳刮目看。
四季常开倾国色，可怜武后倚栏杆。

注：昆明夺冠，1999年在昆明世博会上夺奖81项，占所设奖项的四分之三。此作获"诗韵花都"诗词征稿二等奖。

题四大名品牡丹（四首）

姚黄（新韵）

器宇轩昂金玉质，皇冠灿灿溢天香。

不施脂粉标国色，装点神州领众芳。

魏紫（新韵）

高贵雍容拜紫红，杨妃阿燕逊华浓。

群芳酣舞繁荣享，为有母仪仙苑风。

豆绿

秀容微展绿云镶，万蕾凋零独溢芳。

日久方知真品格，从来君子不张扬。

赵粉（新韵）

千层芳瓣玉泗红，历尽贫寒出落成。

门第休言高与矮，并肩姚魏自从容。

◆ 王维宝

观曹州牡丹（二首）

（一）步李商隐《牡丹》韵

潮风五月带家人，南下曹州看誉君。

域外飞来观赏客，丛中蝶去展斑裙。

鼠姑近距芳香溢，尊贵亲临袖领熏。

涌动心扉出画绢，拙诗纪念寄霞云。

（二）步殷文圭《赵侍郎看红白牡丹因寄杨状头赞图》韵

清春二月未争芳，孟夏时分彩满堂。

邀客八方十里路，适从四面万枝香。

溥家魏紫千花缀，贵府姚黄百叶妆。

无意问秋长甚日，来年此处再风光。

情系牡丹花
——步卢梅坡《牡丹》韵

鼎名悠久冠花王，近待曹州远洛阳。
致使期颐难远去，门前五月代天香。

门前牡丹开花了
——用张又新《牡丹》韵

哀家门外种闲心，今日开怀胜万金。
虽与曹州无比拟，但求安逸也情深。

◆ 王德金

魅力牡丹区八首（古风）

一

新的时代新变化，牡丹之乡美如画。
中国梦在舞东风，花乡儿女英姿发。
城乡发展起宏图，放眼未来格局大。
政通人和逢盛世，条条战线传佳话。
昔日落后多贫穷，而今迈步吐芳华。

二

道路纵横似彩带，宽广明亮伴鲜花。
绿色公交遍乡村，方便百姓你我他。
沿途靓丽风景线，窗口谈笑新变化。
工业园区多壮观，筑巢引凤把营扎。
新旧动能在转换，科技创新开红花。
培育经济增长点，民营企业在壮大。

生态环境同呵护，上下联动逐级抓。
打黑除恶人心快，社会风气在净化。

三

城区开发有特色，一街一道一繁华。
香格里拉步行街，佳和银座与万达。
大学齐聚于一区，环境优雅人人夸。
小学布局重情理，城乡如同珍珠撒。
所所校园皆靓丽，宛如城乡镜中花。
养老公寓比比是，桑榆安享迎晚霞。
医疗养老政策好，党的关怀暖万家。
惠民政策大力度，街头巷尾话搬家。
昨日还在棚户区，今朝住房变广厦。
片片小区高楼起，绿荫芳草遍绕它。
环城环堤景观带，外圆内方古文化。
碧水绕城杨柳绿，明镜湖泊映彩霞。
赵王河水荡清波，游船穿梭鱼翻花。
河水蜿蜒贯城乡，长桥卧波如诗画。
亭台楼阁云烟里，两岸美景目不暇。
明珠耸立大剧院，好像盛开牡丹花。
古色古香书画院，石刻书画出名家。
庄严肃穆纪念馆，历史丰碑放光华。
天香公园有品位，诗情画意心旷达。
知识海洋图书馆，老少都爱光顾他。

四

文化广场展风采，运动场馆汗水洒。
武术戏曲书画展，非遗传承开新花。

洪拳梅花太极拳，刚柔相济有招法。
琴书坠子大平调，老中青里出奇葩。
工笔写意画牡丹，风格有别意表达。
传统名吃品种多，信誉口碑传华夏。
油条糖糕热烧饼，水煎包子味更佳。
批发市场商品城，商贾云集论物价。
购物中心商业街，消费购物笑哈哈。
经济繁荣人欢唱，幸福指数在增加。

五

唯有牡丹真国色，菏泽牡丹甲天下。
谷雨时节畅游园，四海宾朋留恋它。
万紫千红花如海，冲天香气入云霞。
蓝天白云空气鲜，森林城市赛氧吧。
创建生态文明城，造福子孙功劳大。

六

乡村振兴开新篇，因地制宜资源挖。
红色基地大杨湖，尧舜胡集留诗话。
黄河文化综合体，李村景区大开发。
沙土瓜子销海外，吕陵甜瓜口碑佳。
小留梨园为正统，安兴海棠面积大。
天下面塑出穆李，小留非遗吹唢呐。
皇镇山药无公害，都司蔬菜各地发。
黄堽热销小物件，兄弟乡镇绽奇葩。
新的时代新农村，电子商务进农家。
互联网上做生意，足不出户能发家。
物流网络全覆盖，购销商品及时达。

淘宝乡村在崛起，雨后春笋发新芽。
有志青年爱家乡，返乡创业贡献大。
生态旅游新农村，田园风光美佳佳。
绿色环保采摘园，四季游人分享它。
安居乐业人心顺，广阔天地展才华。
脱贫攻坚垂青史，辉煌伟业总无涯。

七

百年奋斗党指引，风雨雷电任叱咤。
复兴路上谱新曲，人民称颂是酬答。
牢记使命为人民，哪怕酸咸与苦辣。
不忘初心志不移，踏平坎坷迎繁华。

八

喜看牡丹新面貌，城乡处处披锦霞。
蓝天碧水风光笑，菏泽大地一枝花。
新的时代新思想，前进路上有灯塔。
幸福家园靠你我，奋斗才能实现他。
日新月异今胜昔，新的征程再出发。

念奴娇·牡丹区新貌

莺歌燕舞,看平原葱郁,牡丹花放。楼宇城乡新面貌,纵路横桥宽广。引凤招商，筑巢兴业，正励精图强。桑田沧海，革新成就梦想。　　汗水书写辉煌，党旗指路，听战歌嘹亮。风雨同舟何惧险，众志成城雄壮。不忘初心，担当使命，把小康开创。花乡之地，令人心旷神往。

◆ 牛俊人

至牡丹区赏观牡丹

牡丹开北地，此邑最繁雄。

四野氤氲里，万家红紫中。

含情迎艳日，倚醉笑春风。

鲁女看花过，芬芳一色同。

◆ 公茂智

十样花·咏牡丹区

爱坐香浓幽处。富贵花开群主。赞叹香浓好，人如织，蜜蜂舞。赋诗花漫语。

◆ 书　画

赞曹州木版年画（四首）

嫦娥奔月

腾云驾雾月宫行，彩袖飘飘自带风。

跃跃琼姿星作伴，广寒殿外锁娇红。

金鱼卧莲

清新静雅自含香，多彩游鱼秀此旁。

好斗顽童戏锦鲤，来风八面喜洋洋。

凤凰牡丹

玉骨芳肌善夺春，痴情彩凤亦堪珍。

千姿百态随风舞，妙笔丹青纸上频。

断桥

一张雨伞两心牵，意合情投结美缘。

误入深渊终已悔，断桥不断美名传。

◆ 卢玉莲

咏焦骨牡丹

霆威之下岂称臣，况有东都可寄身。

莫羡向来无俗骨，穷源不逊涅槃人。

墨牡丹

巧剪云痕裁玉衣，冰纨着墨世应稀。

何劳青帝施青眼，自秉香魂灵韵飞。

牡丹遐思

三春顽艳势倾城，魁夺沉香亭上名。

体自雍容皆本色，情因款曲累平生。

世行屡被炎凉校，君子焉无宠辱惊。

一去幡然深有悔？马嵬皎月向谁迎。

临江仙·牡丹遐思

无羡夭桃和艳李，年年灿尽春光。天生丽质惹回肠。栏边倾绝色，月下沁芬芳。　　最是霓裳歌一曲，仙仙醉了明皇。奈何祸起恁荒唐。几番牵乱绪，千载痛离殇。

满庭芳·游曹州牡丹园

琼叶阴成，羽裳梦始，倚栏犹趁东风。不胜娇媚，腮染瑞霞红。朝露轻寒乍洗，恐消却、枝上香浓。沉吟久，莺喧晓幕，蝶舞绮罗中。雍容。　开盛宴，纤金曳紫，觞举玲珑。扮九州春色，铺地连空。凝醉何期若此，恍身置、玉殿瑶宫。嗟多少，诗情饱绽，挥洒意难穷。

注：此作获"诗韵花都"诗词征稿一等奖。

◆ 卢旭逢

临江仙·赞牡丹区

国色天香争炫彩，远来粉蝶翩跹。丹青写意百花园。繁华街道，珠履醉新颜。　百载风云书巨变，鲲鹏展翅争先。裁霞织锦秀斑斓。黄河放棹，浪卷惠风传。

◆ 卢尚举

曹州牡丹园（新韵）

谷雨时节何处去？曹州胜境牡丹乡。
千株怒放花如海，万簇含苞叶似裳。
魏紫姚黄争美艳，青龙卧墨盖群芳。
春光丽景陶人醉，日暮留连意未央。

◆ 叶兆辉

游牡丹区逢友招饮感怀

故人居鲁我居蜀，菏泽樽携亦与招。
万亩花开春似海，一区香溢客如潮。
小康蔚起明星汉，大梦复兴振壤霄。
水绕山环风物盛，游踪到处乐逍遥。

◆ 白圣海

赵王河畔小游

叟妪年高心闷忧，携家赵水解烦愁。
亭台绮榭江南苑，松柏虬枝塞北楼。
杨柳婆娑舞堤岸，竹篁摇曳掩高丘。
单划双动凫舟乐，拱架斜拉桥路稠。
书画案前尊五老，民俗馆里话千秋。
铜雕林荫儿童戏，曲水花坛老者休。
剧社轮登唱京豫，群龙竞舞献凡俦。

红花灿烂随春意，黄叶散飞无怅惆。
世上寻常风共雨，人间四处乐中忧。
闭门难解游人趣，引迈方明卷外收。
孰是孰非孰绿紫，亦得亦舍亦风流。
赏心未必千山远，眼下林田神韵悠。

注：五老，指菏泽市五位著名老年书法家。此作获"诗韵花都"诗词征稿三等奖。

◆ 师恩华

联语（二副）

一

菏域牡丹扬美誉，招凰引凤；
花牌产业领风骚，强市富民。

二

政策惠民千业振；
花行扶困万家兴。

◆ 乔 莉

雨游七里河

难得风凉爽,烟云罩荷塘。

青盘珠玉落,惊扰美娇娘。

祭 花

雍容华贵牡丹王,春末随风卸靓妆。

花谢姿存情难舍,魂归沃土亦芳香。

◆ 刘 猛

爱我家乡牡丹区

牡丹城里牡丹花,占尽人间好物华。

草树葳蕤清水绕,年丰业盛垄前夸。

行香子·人杰地灵牡丹区

水邑花都,尧舜家乡。布格局、逐润随方。运筹平野,作水文章。看赵王清,万福净,护城香。　　自然引领,科研执掌。牡丹区、一派春光。筑修体量,蓝绿交相。现民安康,家和顺,业兴昌。

◆ 刘臣民

谷雨飞花

万里飞花近似无,千帘小雨润琼珠。

执言化作新醅酒,醉览丹城入画图。

注:此作获"诗韵花都"诗词征稿三等奖。

牡丹诗赞

魏紫姚黄舍帝家，天香国色爱桑麻。

仙风傲骨诗新野，谷雨曹州斗酒茶。

"五一"郊游

鸟语花香满目新，蓝天碧水照闲云。

富盈不忘农耕事，汗洒田园处处金。

芒种随感

不见春花遍地香，喜逢大野满金黄。

农家乐报丰收语，忙转刀锋刻画墙。

雨荷行舟

风掀碧浪裹轻舟，雨打清池点点柔。

无意扶摇莲叶动，痴情老朽撒闲钩。

田园撷趣

晴空流韵地飘香，万户千家采摘忙。

仓满囤圆秋月醉，静观爱犬逗羔羊。

淡品金秋

风轻云淡品秋香，漫步田园嗅菊黄。

硕果盈盈枝上挂，汗蒸热土待冬藏。

雪兆农家

梦筑江山裹玉沙，城乡一体绽春华。
红灯喜照八方秀，富绕寒村乐万家。

曹州新观

残垣断壁伴硝烟，辘辘饥肠恨旧年。
车水马龙今又在，亭台楼榭倚长天。

"七一"浅唱（四首）

一

南湖卓见史无前，马列精英力主天。
锤子镰刀革旧世，救民水火谱新篇。

二

反帝除封震九天，开仓放赈划庄田。
当年抗战驱倭寇，尸骨堆山改史篇。

三

血雨腥风遍地烟，长征万里炼群贤。
镰刀霍霍匡正义，锤子铮铮记永年。

四

诗书共赞党国贤，不忘初心意志坚。
反腐倡廉明正义，脱贫致富换新天。

◆ 闫淑萍

鹧鸪天·寄情牡丹区

花邑文明历史长。地灵人杰美名扬。市区喧闹繁华地，村镇繁荣锦绣乡。　　重实业，促观光。牡丹岁岁换新装。民生福祉持增进，经济腾飞谱丽章。

◆ 朱保勤

花都夏韵

云收霞敛射晴光，广厦楼台接大荒。
田野翠遮千里目，城池水绕九回肠。
长河奔放胸中泻，菡萏含苞绽蕊香。
莫问此时情那去，舜尧故里牡丹乡。

无　题

云收霞敛射晴光，广厦楼台上火阳。
田野风吹翻绿浪，城池水绕鹭鸥翔。
长河奔放胸中泻，菡萏含苞绽蕊香。
触景生情诗兴发，曹州索句颂花乡。

赞驻村干部（新韵）

释怀豪气贯长空，奋战脱贫数请缨。
朝踏田园霜引路，夕传科技露提灯。
总成生态千张画，领唱文明一本经。
宏愿腾飞尧舜地，赤心抒写牡丹城。

黄河吟（新韵）

尧舜故居齐鲁地，九该飞降卧黄龙。
曲身洽似摇银练，浮影直如荡彩虹。
骇浪兼天托日月，惊涛倒海浮苍穹。
龙腰腰斩流田野，惠润花都谷物丰。

忆江南·花都赞（三首）

（一）

花都赞，泽水吐云烟。国色含春书大地，天香浮月浸人间。人物出英贤。

（二）

花都赞，怀古忆当年。尧帝陵前堆石马，黄巢殿后有仙园。嘉树近苍天。

（三）

花都赞，盛世赋新篇。高铁追云通海角，神鹰寻梦达天边。华夏米粮川。

鹧鸪天·牡丹机场开航赞

空杳凝深仰望清，舜尧故里起神鹰。瞬间升入云层上，眨眼飞离菏泽城。　追日月，赶天庭，黄河起舞伴机声。荷山俯瞰书胜境，雷泽遥瞻展画屏。

注：此作获"诗韵花都"诗词征稿三等奖。

浣溪沙·咏白牡丹

蓓蕾抽开鹤练囊，霜葩薰出玉龙香，芬馨浮动浸斜阳。　凝露雪英遮素月，横云琼花吐晨光，清歌皓齿颂花乡。

◆ 安立红

牡丹（新韵）

百枝争艳闹春深，姹紫嫣红谁与伦？

翩若惊鸿风曳舞，一群闺蜜斗芳魂。

牡丹园（新韵）

晨曦我把彩霞牵，乘兴游春步雅园。

袅袅闲云欢甩袂，啾啾翠鸟尽拨弦。

姚黄擎露初倾醉，魏紫描腮正吐丹。

思虑世俗贪欲事，荷包供赏不谈钱。

注：荷包——乃荷包牡丹。

◆ 苏庆龙

赞牡丹

时节逐芬芳，苞含映野芒。

故乡腾越日，唯恋牡丹香。

赞黄河

涡漩泛柔波，长龙气势峨。

映霞天际处，华夏母亲河。

赞强国强军

潜蛟气贯虹，龙起越苍穹。

护国安民誓，尘寰待大同。

归 乡

奔波南北鬓微霜，故里欣然换旧装。

河畔环城曾驻足，恍如昨日泪沾裳。

巨 变

乡村兴旺潮流进，时代恢宏又一程。

千古牡丹争艳地，飘香国色满城倾。

咏 党

百年奋进铸辉煌，千载神州赤帜扬。

嘉兴红船开伟业，延安窑洞谱宏章。

雄奔南北凌云志，豪骋东西誓国康。

壮阔河山昌盛在，恢宏华夏现荣光。

◆ 杜明生

牡丹赋

　　大泽沃土，曹州厚壤。天下之中，四省交汇。东临巍巍泰岳，西望八百太行，北顾滔滔黄河，南观楚天云阔。钟灵毓秀之地，上天眷顾之所。撒灵秀与斯土，降甘霖于万物。牡丹花应时而出，冠群芳一枝独秀。

　　牡丹种栽，两千多年；观赏品种，一千多个。洛阳西苑，炀帝辟地牡丹园；西河之乡，武后喜叹上阙花。花开花落二十日，城里城外皆若狂。宋朝明朝清朝，走出皇宫万户侯；洛州亳州曹州，进入寻常百姓家。

　　曹州名士多，牡丹甲天下。御衣黄骄玛瑙翠，白雪塔傲梨花雨。状元红迎日红鲁泽红，红霞满天；魏相紫大粽紫烟绒紫，紫气东来。贵妃醉酒，昭君出塞；飞燕红装，虞姬艳衣；冠世墨玉，璎珞宝珠；白鹤卧云，鹦鹉戏梅；瑶池贯月，彩云映日。豆绿赵粉迟蓝，如诗似画像梦；清风明月丹楼，流水远方田园。

绝代只西子，众芳惟牡丹。朝色酣酒，夜香染衣；牡丹国色，花动京城；天下无双，人间第一。凭我花叶，秀彼生活；因我高雅，衬你质气；以我华贵，贺汝盛世。问春韶华谁为主，总领群芳是牡丹。

春和景明，牡丹花开。游子寻春，倾城而出。一花一城香，一步一倾心。花如海，人如潮。落英与衣袂齐飞，绚烂共粉黛一色。

花逢盛世，国遇久安。家风正时民风正，国运昌时花运昌。牡丹之都，声名远播；牡丹花会，饕餮盛宴。聚四海宾朋，品鼠姑之美，唱经济大戏，绘宏伟蓝图，写华美文章。花花世界，美美与共。古州日新月异，长空云淡风轻。

注：此作获"诗韵花都"诗词征稿二等奖。

思乡赋

炎黄子孙，华夏儿女。事稼穑于黄土，问生计于苍天。建房庐于佳地，种蔬黍于前后。生生不息，绵绵瓜瓞。一花一果，一草一木。一瓦一屋，一山一水。一啼一笑，一亲一友。百般深情融于血脉，千种思念镌刻与心。故土为根，家乡是魂。

羁鸟恋旧林，池鱼思故渊。村口杨柳，环抱几许？门前坑水，旧波改否？屋后池塘，莲叶依旧田田；爆竹声响，万家灯火盈盈。几度梦回故里，数番思念家园。与蟋蟀弹琴，和昆虫低唱。水中摸鱼，土中烤豆。草垛里做游戏，树林里荡秋千。采小花，觅野果。与花狗争食，和蜻蜓斗舞。天地任我耍，寒暖不知年。

露从今夜白，月是故乡明。游子思乡，楼上明月。诗仙深情，床前明月。闺中思夫，鄜州圆月。万户捣衣，长安明月。大漠孤烟，边关冷月。明月千里寄相思，相思千里望明月。

乡情最深，牵挂最长。家书情书，临发又开封；旅人羁人，佳节倍思亲。王维探询，寒梅著花未？王绩问人，院果谁先熟？柳州伤怀，散上峰头看故乡；洛城闻笛，何人不起故园情？望驿台边，居人思客客思家；青水浦旁，烟波江上使人愁。子规鸟，杜鹃花；一叫一回肠一断，三春三月忆三巴。宋之问近乡情怯，贺知章乡音未改。陈陶逢故人，青丝变白发；叟翁遇儿童，少小成老大。

为什么我的眼里常含泪水？因为我对这片土地爱得深沉。有丁香花的地方就有春天，有中国人的地方就有乡愁。乡愁有多长，黄河长江水。思念有多重，三山加五岳。明月弯弯，海峡浅浅。站高山兮望大陆，望大陆兮望故乡。故乡不可得，叹息复长涕。

浮云悠悠，炊烟袅袅；小路弯弯，童谣声声。小燕子，穿花衣，年年春天来这里……月饼圆圆，像个小盘……小草绿，芦叶黄，雪花白，飘扬扬……

◆ 李日助

赞菏泽牡丹

菏泽曹州美誉传，鲁齐大地有花仙。
天姿国色真妖冶，富贵荣华结美缘。
多少文人歌汝雅，许些骚客赞其玄。
世人只看当前好，焉晓贫寒早在前。

沁园春·牡丹

花大幽芳，雍容华贵，满园飘香。自北齐入画，代存惊艳，诗歌有寄，世见华章。欧氏豪吟，蒲松龄颂，美贯曹州天下扬。须晴日，看春回大地，花子登场。　　牡丹如此阳光。引千万，文人挥墨狂。忆汉秦时代，入丸治病，精神物质，源远流长。誉满中华，甲于海内，倾倒多多好梦郎。祝诸友,有花神庇佑,万代隆昌。

注:此作获"诗韵花都"诗词征稿二等奖。

◆ 李明江

欢聚佳合

同聚牡丹城,联欢挚友情。

香茶聊韵律,醇酒慰平生。

花城秋

西阳落远苍,独处叹愁肠。

久住城中客,秋深夜思乡。

闹元宵

雾升云闭月,烟色夜羞花。

四海同欢笑,神州共一家。

春到花城

长堤幽径披青翠,碧水池边百卉香。

东野春风生暖意,早催旧貌换新装。

听　潮

时逢重九遇佳期,环绕花城品菊宜。

以韵聚朋说盛世,遍看秋色满长堤。

秋　后

树叶飘零菊蕊黄,苍原空旷照斜阳。

北风带露三秋后,一缕炊烟雁两行。

荷

丹城一夜秋风冷，摇曳残花落有声。

枯叶芙蓉愁不尽，霜浓雾重上林菁。

秋

夕阳西下徐风吹，霞晚天凉北雁飞。

夹岸林菁金色秀，一池残荷伴秋归。

注：此作获"诗韵花都"诗词征稿三等奖。

冬至花城

寒风拂岸水轻流，夜色斑斓客未休。

万盏明灯连古韵，一轮弯月上城头。

听 潮

徐开夜幕晚风迎，日落西山海水平。

独上高楼望远路，静听窗外落潮声。

◆ 李明军

牡 丹

瑶池母丹药，悯苦降灵坤。

武后诛花诏，焦枝傲骨尊。

时曾投野庙，几度入寒门。

灼夜才情在，英风浩气存。

传名芳谱史，行吟墨章论。

伏案评千卷，青灯费万翻。

常生廊院顾，珠珞玉心恩。

丽质留人步，幽馨住客魂。

群芳争上苑，惟自别宫园。

一纸皇书令，千株洛邑根。

丛间闻鸟语，月下踱黄昏。

绽露倾城色，枝枝恋北原。

注：此作获"诗韵花都"诗词征稿三等奖。

◆ 李跃贤

沁园春·牡丹区新貌

水沃平原，诗韵花都，菏泽牡丹。望繁花铺海，光羞日月，锦霞坠影，香漫云天。富贵端庄，雍容娇艳，焦骨孤标秀可餐。倾城色，任仙姿袅娜，美盛空前。　　敢教天地新颜。瑶池景、缤纷客尽欢。悦延伸武术，传承书画，亨通贸易，幸福家园。贫困清零，小康在握，人旅昌隆掀巨澜。怀豪迈，正激情澎湃，著作鸿篇。

鹧鸪天·赞牡丹区扶贫攻坚

书记攻坚入驻村，餐风饮露戴星辰。危房修补烟霞暖，困户帮扶来往频。　　铺富路，断穷根。回眸一望再无贫。红心向党高擎帜，重任扛肩不畏辛。

◆ 吴文双

七里河

引来清澈水，遍植岸边花。

寄语观光客，傍河堪起家。

牡丹初放

未出闺房一步遥，美颜已夺九春娇。
罗裙轻摆香风动，争睹芳容客似潮。

春到赵王河

草青水碧柳条新，岸坐休闲乐钓人。
社会祥和环境美，神州大地又逢春。

骑游环堤公园

明代长堤换秀颜，宛如画卷把城环。
小桥流水亭台美，遍引人来尽养闲。

谷雨牡丹开

曹州谷雨天，又见牡丹鲜。
国色冠群丽，天香遍宇寰。
花容多富贵，娇媚有姿颜。
非受武皇贬，何能在世间。

环城公园

柳河青绿岸，晨夕绕云烟。
四季环城翠，风光境似仙。
鸟鸣花间树，鱼戏水中莲。
当赞家乡美，倾心赋雅篇。

大美赵王河

岸柳垂垂摆细腰，萋萋芳草似绸飘。

曲栏廊下游鱼戏，石拱桥头鹭弄潮。

芦苇浅滩撩碧水，荷花深处把船摇。

犹听乐钓休闲客，丝雨不归唱俚谣。

鹧鸪天·牡丹花开客如潮

占尽春时仙品高，沐阳润雨丽姿娇。雍容华贵冠群艳，掩夺丛芳风韵消。　花似海，客如潮。天香园里乐逍遥。分明国色令人醉，笑语欢歌满空飘。

鹊桥仙·环城河

一河绕郭，两边烟柳，胜似江南津渡。风吹水皱起涟漪，碎了倒影如画处。　闲来独坐，垂纶寻趣，静听虫鸣蛙鼓。迎朝送晚老渔翁，钓不尽春秋无数。

注：此作获"诗韵花都"诗词征稿二等奖。

沁园春·赵王河今昔

赵王河边，绿柳拂风，花色万千。看碧波流处，清荷亭立，稚童划桨，荡水尝莲。燕子翻飞，鱼儿腾跃，直上楼头云雾天。又几座，拱桥雕白玉，飞架虹端。　长廊如画连环，惹无数客人醉忘还。忆往时旧貌，杂生丛草，污泥遍地，废物堆滩。沿岸居民，道无可走，日夕心愁空怨叹。至今见，景色如彩画，凡界仙园。

◆ 吴成伟

过曹州牡丹园（平水韵）

曹州真个牡丹城，到处姚黄魏紫生。

溱洧诗传花主意，清平调喻贵妃情。

仙葩尽显仙姿态，国色犹彰国运程。

如梦当时初绽放，曲山书海凤凰鸣。

注：《诗经·溱洧》，牡丹开始进入诗歌园地。李白《清平调》以牡丹喻杨贵妃。凤凰：泛指美琴。此作获"诗韵花都"诗词征稿三等奖。

◆ 张　鹏

游曹州牡丹园

欲遣春心何处去？牡丹园里觅花缘。

香浓惹得游蜂驻，色好赢来戏蝶怜。

锦绣楼头争赏鉴，文章笔底共流传。

吁嗟借此曹州盛，管领风骚五百年。

◆ 张令效

游牡丹之乡有怀

菏泽钟灵晴翠浮，天香馥郁冠神州。

逐时卉木苍茫合，遂意山川契阔游。

万巷分春催景换，千山著色为民筹。

牡丹艳夺蒸霞灿，诗韵花都一望收。

◆ 张立芳

老汉说脱贫

儿时滋味少家厨，野菜充饥聊胜无。

热汗流来千万滴，大山寻遍两三株。

贫如柳暗穷途倒，党送花明红日扶。

改革春风吹入户，炕头老汉酒温壶。

牡丹区火龙果农家致富

曾经工仔走天涯，此际回乡侍土沙。

改革春风连网路，耕耘汗水趁年华。

火龙果上红红梦，别墅门前步步花。

拍个抖音飞出去，几多青眼望农家。

临江仙·中国牡丹园旅游致富

碧宇白云清照水，莺啼十里柔风。繁华车马一条龙。胜游何处去，花木锁双瞳。　　入画牡丹开富贵，迎宾如火情浓。一株召唤万株同。此心修上善，日子比花红。

临江仙·苹果采摘园

树挂玲珑摇颤颤，随风浓淡飘香。那谁挎起小箩筐。摘多犹觉少，无视累行囊。　　景美人怡从改革，党恩甘露情长。润来金果蜜糖浆。丰收牵着梦，打卡到康庄。

◆ 张秀娟

西江月·诗韵花都

古道长盈胜迹,牡丹默吐幽芬。民居一色焕然新,续写文明烙印。　党让城乡变富,梦圆华夏铺春。桃源境里翠流津,尽享尧风别韵。

◆ 张冠军

牡丹之乡话牡丹

谁将美丽撒天涯?四月花开灿若霞。

明艳无双真国色,一方沃土孕奇葩。

◆ 张树路

春日过牡丹区赏牡丹

娇娇魏紫与姚黄,丽锦谁裁披盛装。

今日吾为云外客,醉看仙子舞霓裳。

◆ 张效宇

鹧鸪天·花都寄怀

魏紫姚黄靓史悠,天芳碧邑醉风流。帝王故里承佳话,黎庶青邱谋远猷。　春雨沐,紫芝修。馨香四溢越神州。如霞似锦何其艳?土沃根深丽万秋。

◆ 张新荣

题花都牡丹（二首）

一

乾坤淑气育花神，幻出嫣然仙子身。

一曲东风香筑梦，独倾国色抱阳春。

二

根扎丰饶泥土中，簇生姹紫吐嫣红。

轻勾淡染皆春色，点亮花都十万丛。

◆ 张德民

牡丹赋

菏山雷泽景仙然，东帝谪君书画间。

国色天香骚客赋，姚黄诗韵韵龙丹。

注：龙丹，乌龙牡丹。

◆ 范黎青

花都诗韵

惹动京城羞彩霞，追随戏曲此安家。

清邱烟柳添新韵，赵氏芳园绽粉葩。

魏紫雍容天下醉，姚黄次第望中嘉。

逢春岁月晴方好，一任风流举世夸。

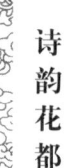

◆ 罗 伟

牡丹区赏牡丹

牡丹兹邑盛，不愧百花王。

濯濯涵红露，亭亭对艳阳。

倚风酣酒色，照水发天香。

笑语芳菲外，知民入小康。

◆ 郑昌文

牡丹吟（新韵）

曹州生锦绣，岁岁牡丹红。

花好相偕老，天香一世情。

立 春

盛世惠风吹，和融鹊燕飞。

大千生乐趣，百姓笑春晖。

元宵同庆（新韵）

脱贫奏凯旋，拥党笑开颜。

春暖同福日，鱼龙舞上元。

芒种时

芒种金生穗，晴祈雨岁丰。

机鸣奔万亩，人乐抖音中。

无 雪

好天晴碧中，日暖正祥红。

盛世多康乐，隆冬无雪风。

冬至日

红红冬至日，家有饺儿香。

国泰山河暖，民安岁月长。

腊 八

一碗糯香粥，严寒有暖流。

新冠何日尽，祈福丑年牛。

点将台（新韵）

九月八来题菊客，点将立马剑张拔。

英雄金甲长安事，忧乐当思百姓家。

注：此作获"诗韵花都"诗词征稿三等奖。

咏雪（新韵）

寒树摇声风飒语，碧霄琼落送诗来。

总为情志随行者，赢得人间第一白。

白雪回春

红梅粉杏妍姿妙，雪女梨妆竞色娇。

多彩人间添乐事，百花待放艳千潮。

纸鸢少年

春风窈窕燕翩翩，一线高低一纸鸢。

放眼青云周折上，高飞振翅越晴川。

小满情

绿繁续梦多晴雨，盈欠甘辛一片田。

小满心和清乐美，春秋万事自然圆。

◆ 郑泽珍

村官小吟

看水巡山察果园，归来又是月披肩。

一身疲惫竟难寐，兴奋订单超去年。

注：此作获"诗韵花都"诗词征稿二等奖。

〔正宫·塞鸿秋〕听母叨叨絮

金秋丹桂凝香露，农家小院盈欢趣，儿孙休假回乡聚，堂前听母叨叨絮。刚得聚宝盆，又见摇钱树，老人养老国家助。

〔正宫·塞鸿秋〕马路口新风（新韵）

喇叭山响朝前窜，行人吓得心弦乱，三魂只剩一魂半，老天佛祖连声唤。如今共创城，协力同心干，人行横道车行慢。

◆ 郑淑鹏

参观花都仍留香（新韵）

三月花魁外萼脱，骚翁久慕访菏泽。

姚红魏紫园中靓，返济捎回馥满车。

游花都牡丹园（新韵）

国色天香绽万芳，琼姿玉首靓春光。

姚黄每每生佳句，魏紫常常谱锦章。

滴露娇娆游客醉，披霞艳丽赋翁狂。

曹州三月丹花盛，不惧武皇金口张。

[商调·满堂红] 高歌牡丹满堂红（新韵）

镰锤照亮牡丹城，也波城。中原逐鹿把敌赢，也波赢。改革开放成功庆，也波庆。去贫穷，致繁荣，全区跟党再长征。高歌牡丹满堂红。

[正宫·塞鸿秋] 牡丹区跟党进康庄（新韵）

镰锤照亮花都地，驱倭倒蒋山河赤，改革开放清除弊，脱贫致富临门祉。万花湖水清，千苑牡丹丽。复兴圆梦康庄至。

[中吕·卖花声] 牡丹区新象（新韵）

红船起碇明航向，区内人民斗志昂，山山水水换新装。官民豪壮，城乡变靓。问温公、可识新象？

◆ 承 洁

水调歌头·诗韵花都

十万天香烈,九曲绕城清。春风长驻,儒乡千里水云澄。醉看花团锦簇,放眼楼台掩映,人在画中行。不羡桃源境,花下不知醒。　　汲甘泉,煮新茗,约宾朋。谪仙犹忆,倾盏亭畔起诗声。国色誉传天下,画院名扬齐鲁,教客逸怀倾。独爱花都韵,千载古风萦。

水调歌头·牡丹区脱贫攻坚战

九曲绕城过,坐拥万重山。仙源任我耕耘,富梦种云边。引得清泉甘冽,长润层林千顷,风动果香环。霜雨又何惧,吾辈任长肩。　　种牡丹,扬红史,党恩叹。修渠开路,兴村兴旅已争先。红色精神长砺,绿色家园打造,放眼著宏篇!欣看宏图展,凤翥白云端。

◆ 孟庆凤

谷雨牡丹残

一园芳锦褪,淅沥送残霞。

悲句殇流景,哀文悼落花。

清明丹色霁,谷雨绿丛斜。

天暖时常异,中春木芍嘉。

晚　色

几日连阴雨,晨园雾笼纱。

海黄娇叶露,绿玉贵枝华。

残萼风姿绰,新妆气宇嘉。

迟开君有问,本是季春花。

赞赵王河

南北青波纵，东西曲拱横。

杏林观雪海，柳岸藏啾声。

水动斑斓影，风摇自在情。

汇流沂泗去，福泽一方城。

注：此作获"诗韵花都"诗词征稿三等奖。

七里晨光

郊外晨清露，缘河七里香。

野花堤岸散，桃果漫坡望。

鸣鸟啼风月，垂纶钓日长。

颐心皆好景，何必赴他乡？

赞菏泽赵王河

南自黄河支水始，北通七里转归东。

春花三月争留影，石岸经年逸钓翁。

野鸭荷蓬蒲草鹭，亭台楼榭曲廊风。

凤鸣鸾舞清明政，嘉木繁荫后世功。

破阵子·丹芽赤妆

新叶初追花梦，老枝余迹沧桑。田野惠风甘霈泽，未解冰寒风雪霜。丹芽正赤妆。　　晨听喧嚣鸟语，夜临寂寞华光。偶入丹青新画作，常进骚人绮丽章。风光挂客堂。

鹊桥仙·丹华初现

乌梅绿萼,杏梢豆蔻,谁是元春花首?李桃芳艳海棠荣,梨花雪,仲春争秀。　群芳未了,丹华初现,雍贵大家气候。风清气朗古曹州,年年看,心弦还扣。

清平乐·花冠天下

一望无际,云锦盈香气。听任百花争俏丽,初绽风华无比。　赵氏园有桑篱,凝香何氏名齐。五百多年史记,曹州花冠无疑。

注：赵楼桑篱园、何家凝香园,均为明朝久负盛名的牡丹园。

青玉案·谁解桃花

驱车十里西南顾,绮园是,何楼处。时令正宜桃色度。初花满树,浅香盈路,一慰相思慕。　犹因轻薄桃花句,佳丽花前只轻驻。谁解桃花心内语?唐寅可在,醉和风雨,来送芳魂去。

◆ 赵仁胜

咏花都（新韵）

自古龙池生鹿韭,如今处处展娇颜。

多姿奇丽名天下,占尽春光是牡丹。

注：龙池,唐代菏泽之称；鹿韭,牡丹之别称。

◆ 赵叙强

见证母校换新颜（古风）

大门初西今朝南，感觉倍爽向日暖。

教学用楼次第起，空调宿舍八人间。

餐厅宽敞桌凳新，操场辽阔草坪软。

为师身正业务精，致力学生谋发展。

◆ 段翠兰

牡丹区赞歌（赋体）

昊天苍苍，厚土茫茫。厚德载物，人文纲常。九曲黄河，昼夜流淌。母亲河啊，孕育华夏民族，孕育牡丹之乡。

这片沃土，文化底蕴丰实，历史渊源流长。十水四泽，汇聚宝地。华胥巡游，孕育"人文始祖"，东方迎来曙光。伏羲斫琴，引来凤凰。德配女娲，琴瑟和鸣，生儿育女，开辟洪荒。"华夏鸿蒙惊一画，象天法地立九州"。"三皇之首"，"东方上帝"，万古敬仰。唐尧虞舜，南华庄周，成阳故里，濮水东流，桥如玉带，游鱼欢畅。桑葚红透，梓果垂荡。伏羲大殿巍峨，尧王太庙鎏光。碑林耸立，祭文洋洋。

牡丹区啊，你是妙笔丹青，你是历史画廊。名人荟萃，业绩辉煌。孙庞大战桂陵，黄巢直指衰唐。赵登禹挥刀南苑，捐躯疆场。田位东、姜玉贞……驱逐鞑虏，生命奉上。何思源教育爱国，不忘家乡。

看今日，人才辈出，灿若星潢。各展华彩，豪情激昂。刀枪剑戟，摘星夺榜。书法绘画誉海内，京豫平调遍城乡。

中国牡丹之都，世界牡丹之乡。曹州牡丹园、百花园、古今园、尧舜园……园园相连，闻名四方。东风谷雨，繁花似锦，百里飘香。十大花型，九大色系，葛巾玉版，魏紫姚黄。争奇斗艳，花的海洋。太空牡丹，花硕色艳。她向世界宣布，我是太空儿郎。八方来客，漫步花海，兴来吟唱："竞夸天下无双艳，独占人间第一香"。即使羞花贵妃，亦当自惭形象。

牡丹产业，愈做愈强。四百年牡丹为祖，百年牡丹成王，万亩新苗茁壮。油药食茶并用，产销赏研共昌。走向全国，冲出亚洲，跻身世界，是我们共同理想。

"花开时节动京城"。首都各大公园，曹州牡丹绽放。故宫、颐和园、西客站、雄安机场，到处是牡丹芬芳。远眺，南国，黄埔江畔、黄鹤楼旁、滕王阁下、岳阳楼上、五羊城里、天涯海角，都能一睹国色，享受醉人的芳香。牡丹畅销五洲，外汇滚滚而来，扩大影响，富足一方。

华贵的牡丹啊！你是勤劳的象征，你是勇敢的化身，你是开拓者的倔强。红色啊，你热情似火，绿色啊，你神态清秀，紫色啊，你大气端庄，白色啊，你冰清玉洁，黄色啊，你和金菊媲美，傲立群芳。万花丛中，日新月异，高楼林立，路宽街整。城堤公园，碧水蓝天，绿树成荫，"三秋桂子，十里荷花"，亭台楼榭，美如苏杭。工厂连片，环境优美，花园一样。田原丰茂，五谷飘香。医院重新布局，养老护理成网。大中小学，规模空前，设施齐备，书声琅琅。

牡丹区啊！可爱的家乡。让祖源文化、黄河文化、牡丹文化传承永彰。乘牡丹献瑞，促百业腾飞，群策群力，创造新的辉煌！

◆ 耿金水

赏蓝牡丹（新韵）

轻叹一声奇牡丹，花魁别样降凡间。

何人造化谁人采，当是天空那片蓝。

暮春观牡丹有思（新韵）

牡丹园里不思归，放眼人生说几回。

莫叹花红无百日，来年又是一花魁。

◆ 聂振山

黄　河

黄花卷爱向东方，百转不回心欲狂。

一路情人拦未宿，风流只许海龙王。

◆ 晁淑华

鹧鸪天·春分

　　桃面含羞正仲春，文人墨客往如云。拂风杨柳轻轻点，南送群燕日日频。　　掐荠菜，拌香椿，菊花枸杞最提神。幽香淡淡心情好，共享春分更喜文。

蝶恋花·谷雨叹落花

　　窗外梨花风里颤，目睹群花，心已随她乱。洁白之身离污远，花残水去终无怨。　　莫到薄情春意浅，长忆兰桥，杨柳青丝伴。诗难成行情未断，来年早早春风见。

◆ 高怀柱

游菏泽牡丹园（三首）

一

丝丝细雨渑香尘，风起轻吹处处新。

魏紫姚黄争绽放，满园俱是赏花人。

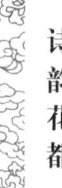

二

吐彩生辉展画章，娇妍魏紫映姚黄。
游人醉入清风里，笑语也含花蕊香。

三

一盛花期动四方，天生丽质不寻常。
清芬吹遍曹州府，何必跟风到洛阳。

◆ 郭小鹏

春到牡丹区（新韵）

置身于此胜江南，好景倏忽到眼前。
千里黄河归碧海，一蒿绿水映青山。
细听风雨说尧舜，闲赋诗词赏牡丹。
美酒举杯人醉去，醒来未免更留连。

诗题中国牡丹园（新韵）

信步行来任自然，轻舟渡水鸟声闲。
倾城国色幽如梦，着露天香渺若烟。
几树玉姿惊晓雾，一袭冰骨傲春寒。
吟诗爱向凉亭坐，更倚栏杆看牡丹。

◆ 郭良坤

观牡丹区赵楼牡丹有寄

国色雍容压众芳，安兴河畔溢春光。
东风铺就前程锦，我不盛强谁盛强？

咏牡丹

一花占尽九州春，浮翠流丹铺锦云。
桃李自知王者到，含羞谢幕落纷纷。

与苏甘沪鄂鲁诗友雨后曹州牡丹园

恰遇阴霾料峭迎，游园憾意一丝生。
天公亦识诗人趣，驱走浓云渐放晴。

赞牡丹区环卫工

一根扫帚蘸深情，四季挥毫寒暑迎。
城市容颜描绘靓，文明创建我先行。

牡丹区脱贫攻坚赞（六首）

一

群英协力克时艰，号角声声战险关。
富路铺开穷帽摘，花乡户户换新颜。

二

入户走村泥汗渍，扎根蹲点克难关。
扶贫路上鞋磨破，不斩穷魔誓不还。

三

淋淋汗水洒乡间，冒暑凌寒若等闲。
不负初心勤砥砺，穷根斩尽笑开颜。

四

寻根把脉把前关，精准施方去疾顽。
解困济贫千户笑，声声点赞溢乡间。

五

精英上阵打前关,携手村民去疾顽。

帽摘穷乡圆梦日,春风一路凯歌还。

六

精准扶贫出手援,攻坚结对践宣言。

春风缕缕寒门暖,驱散愁云笑语喧。

牡丹区新村貌（二首）

一

喜看旧地换新装,溢彩牡丹飘异香。

镜路琼楼镶绿野,金门绣户映霞光。

经商小伙轿车驾,靓服姑娘村企忙。

日暮广场音乐起,时髦农妇舞姿狂。

二

迷恋花都风景幽,八方游客乐心头。

牡丹怒放千村秀,林木葱茏百鸟啾。

小院槐香招彩蝶,清塘水绿映朱楼。

谁家栽下梧桐树？金凤栖枝瑞气悠。

牡丹区环保赞

环保铺开生态绿,花乡旧貌焕然新。

澄澄碧水山妆影,湛湛蓝天云逸身。

吐翠千林群鸟恋,游人四处赞声频。

再凭科技挥椽笔,万众齐描万代春。

卜算子·白牡丹

玉蕊破寒开，素靥飞蜂恋。摇曳春风百态娇，惹得群芳羡。　　无意涂嫣红，轻粉冰颜扮。洗尽铅华远俗尘，默默幽香散。

鹧鸪天·礼赞牡丹区环卫工

万户梦酣起五更，归家身倦伴幽星。长街容貌巧装扮，落叶尘埃横扫清。　　迎酷夏，斗寒冰，手皴面垢默无声。长将汗水轻轻洒，洗出煌煌洁净城。

鹧鸪天·咏曹州牡丹

华贵花王着盛装，天姿国色占春光。风摇娇蕊招蜂恋，霞染丹腮惹蝶狂。　　经雨雪，沐风霜。悄然孕蕾待芬芳。东君一笑轻声唤，醉倒曹州十里香。

菏泽牡丹赋

今之菏泽，古邑曹州。牡丹甲海内，国色耀寰球。得黄河之滋润，枝繁叶茂；赖厚土之滋繁，色艳香幽。集天地之精华，雍容华贵；纳四时之灵气，富丽娇柔。于寒冬孕蓓蕾，于三春争绚丽；于琼苑飘奇香，于九域展风流。王者之尊百卉羡，天香之美万人讴！

观其丽质兮，锦地绣天。清明始发，谷雨乃妍。春光潋滟，大地斑斓。万亩丹园，灼灼然彩虹泼染；一花百态，飘飘然紫燕翩跹。姚黄魏紫，仙子着霓裳；莲鹤晶玉，梨花逢雪团。黑花魁黑凤蝶，似乌龙墨潭卧；卷叶红满堂红，如旭日赤霞燃。赵粉垂眉兮，羞红玉面；紫斑昂首兮，点墨眉间。且夫软玉温香，温情脉脉；贵妃醉酒，醉意绵绵。风摇枝叶，秀姿柔之绰约；露缀霞腮，呈水嫩之华鲜。昼沐和风，日映葩而璨璨；

夜阑幽影,月笼体而娴娴。晚来巧借夕阳色,晓起乔妆七彩颜。芳香郁郁,蝶蜂恋蕊;花影重重,翠幄衔烟。噫嘻!傲群芳也,鳌头独自占;借椽笔也,妙态怎描完?

慕其胜景焉,争睹芳容。三春时节,繁花似锦;四海游人,摩肩接踵。曲径流香,欢声萦回花海;满怀兴致,笑语荡漾苍穹。佳人笑脸争妍,狂拍靓照;童稚花冠斜戴,雀跃花丛。画家临摹笔毫畅,骚客吟诗雅兴浓。才惊叹于蓝宝石,又留恋于粉中冠;方顾盼于凤丹白,复徜徉于鲁菏红。恍恍乎,疑凡身临阆苑;陶陶然,觉快意袭胸中。吁嘻!观绝世之仙姝,沁心脾之馥郁;享春光之宠爱,祈华夏之昌隆!

叹其风骨也,卓尔不群。端庄天赐,淡雅深含,妩媚而无妖态;风韵天成,铅华洗尽,冰清不染俗尘。雪欺无恨,蕴生机焉蓄志;日暖无声,绽笑脸矣拥春。居高山也,矜持谦卑;处僻壤也,甘守清贫。铁骨铮铮,帝贬离宫生草野;深情款款,花零成土绕香魂。故土流连,感德而铺繁绣;天涯漂泊,应时而发清芬。荣枯无常,偕忘忧欢宠辱;盛衰交替,笑看变幻风云。

望其前景哉,无限辉煌。沧桑百代,牡丹繁盛尧时遇;续写新篇,花事兴隆菏泽昌。花会搭台,旅游兴旺,四海广交嘉友;经贸唱戏,花市繁华,花乡奔向小康。新品种新花色,高科繁育;牡丹油牡丹茶,产业拉长。世博夺冠无数,畅销创汇越洋。咏物抒情难尽兴,吟诗畅意补闲章:

群英国里独称王,仙子披霞着盛装。

玉蕊娇娇含贵气,丰肌媚媚蕴端庄。

亲和长得黎民爱,遭贬能将傲骨扬。

昔日皇家宫苑客,曹州开遍惠城乡。

注:此作获"诗韵花都"诗词征稿一等奖。

◆ 唐海民

咏曹州牡丹园

一园国色一园诗,蝶舞蜂忙人已痴。

百岁苍枝生百态,千重绿叶映千姿。

凡间丽彩华堪盛,天上娇颜贵不移。

劲赏勤收多眷恋,芬芳大雅梦中驰。

◆ 桑贤春

采桑子·牡丹冬日开

冬寒怎不思暖至,鹿韭胸中。光影相逢,贵客酡颜似锦空。 愿心清韵听弦语,花道轻拢。笑意雅融,美覆曹州正月红。

少年游·春雨牡丹开

水云珠玉撒轻丝,鹿韭展春姿。娇娇莺啼,火龙风舞,花发汝何迟。 阿娇迈出黄金屋,西子傲桃枝。犹如红荷,藕塘落雨,出浴逸词知。

海棠春·牡丹游春

牡丹园里晨沾雨。满目彩、芳心倾吐。怜玉惜香心,遐想冥怀慕。 又为一眄春归处,蝶飞荡、双蜂共舞。绣苑景前头,紫阁辉如许。

望江东·乌羽玉黑牡丹

三月新烟望槐树。幸可见、来时路。乌骓驮子羽身去。壮武在,江东住。 图腾化变诗无数。汉史序,今传古。黑眸天日破黄土,有如玉,花开处。

注:此作获"诗韵花都"诗词征稿三等奖。

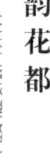

清平乐·春红娇艳牡丹

形似颜体,写出东君意。红鲤频游丹绿水,几朵赤心可寄。　　暖蕊依约登楼,古今园赏不休,娇艳春红笑处,盈盈浓郁香流。

青门引·菏泽绿美牡丹园之红肥绿瘦得诗灵

晓起春还冷,丹魄采风才定。红肥绿瘦得诗灵,可来杯酒,秀色涮牛并。　　雍容玉韵今初醒,露滴高株静。诵吟岛锦词典,快门恋恋佳人影。

留春令·曹州牡丹开

又逢春畔,锦鳞依约,花都云水。鹿韭曹州咏诗书,静等贵宾相识。　　捧月高枝层楼倚,望江南千里。山石喷泉水流声,彩虹画屏同醉。

阮郎归·春到牡丹园

昨儿风雨九层昏。水滋几点新。梦中恋念万花村。游园逢故人。　　东风里,玉纱巾。碧桃去世尘。牡丹仙子复还魂。芳华古邑身。

南歌子·花二乔牡丹

天沉清夜暗,勾栏亮眼明。竹篱乔艳几人行。绿叶一枚花海若船轻。　　或念江南雨,衔珠蕊压倾。多姿多彩不堪情。今夜邀君对饮醉休醒。

点绛唇·菏泽白鹤卧雪牡丹

东野云飞,雪中白鹤翩翩见。妙姿谁剪,羽化曹州恋。　　仙子如烟,羡慕春花苑。浓香漫,月明几盏,再抚琴中散。

◆ 崔同凡

环堤公园二首（新韵）

漫堤消夏

漫堤消夏惠风舒，灯火凌波月影浮。

亭榭曲桥观不尽，教人恍若到姑苏。

阿姑拍莲

擎伞轻盈下拱桥，荷风裙摆柳枝腰。

相机才举蛙惊起，粉面芙蓉相映娇。

环堤公园八咏（古风）

玉带绕城

玉带绕流郭外城，鸟语婉转两岸青。

雨后翠滴游人面，榭前香溢荷叶风。

老叟赛鸟

风雨廊桥宜幽栖，霜鬓拎笼赛鸟啼。

凭栏高坐散仙客，羽扇轻摇半醉痴。

宝娃游乐

草坪茵茵软软沙，滑梯接力乐宝娃。

秋千轻荡童年梦，雀呼震落紫薇花。

夏诗声声

荷风吹香到客厅，槛外葱茏景色清。

白鹭青蛙各自得，争鸣宛如诵诗声。

雨霁即景

云开一隅晚照明，水涨清溪蛙涨声。

玉鸟亦欢风光美，独贪幽香啼莲蓬。

黄巢像前

挥戈纵马气吞霄,黄金甲满长安桥。
贩夫竟有凌云志,曹州千古记英豪。

环堤游春(《诗韵花都》一等奖)

夹岸垂柳绿一川,碧玉飞珠春摇船。
白鹭自来作向导,去寻人间桃花源。

环堤秋光

一夜霜露千树金,风飘万点叶纷纷。
恰似浪蝶翩翩舞,如画秋色胜似春。

◆ 鲁凤梧

咏曹州牡丹园

千亩芬芳神采昭,暗香流动起花潮。
仙人列阵三分醉,骚客题诗万朵娇。
落雁倾城开富贵,沉鱼迷蝶竞妖娆。
雍容艳丽枝头俏,引得嫦娥下九霄。

◆ 鲁海信

建党百年缅怀先烈王登伦

登伦勇烈灿神州,英杰威名万古流。
抗日歼凶多妙计,抛头洒血壮千秋。

盛赞牡丹区

牡丹雅韵荡曹州,灿烂文明岁月稠。
尧舜英王多圣迹,天香艳色倍风流。
黄河孕育百花丽,名苑栽培千载悠。
艺术之乡琴瑟盛,妙音贯宇展宏猷。

◆ 蔡浩彬

沁园春·咏牡丹区新发展

我梦来游，喜约诗仙，又唤大苏。记徐河浣碧，鱼龙竞跃；何园环翠，鸥鹭频呼。浩荡红旗，英雄热土，壮志兴邦列万夫。霞披锦，待放歌信步，客意何如。　　牡丹区展宏图，恰绘出曹州气象殊。看人民立意，云蒸文旅；春风作序，笔走玑珠。农产驰名，扶贫示范，灯火纷繁骏绩驱。关情处，向青年湖畔，筑建花都。

注：何园，凝香园别称。

◆ 魏庆军

春到花都（古风）

嫣红姹紫戴粉妆，曹衣出水绽云裳。

平添春风三分醉，一夜国色吐芬芳。

风动四洲尽飘香，惊梦千园琼片扬。

鹤鸣瑶台仙子去，故道丹城留余香。

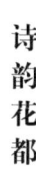

第三辑 "诗韵花都"交流作品

◆ 丁爱英

望海潮·冬游菏曹运河湿地

芦花摇曳，寒风渐紧，运河湿地徐行。云矮树高，潮平水阔，几群鸥鹭争鸣。垂钓好乘兴。眼眸蕴浅笑，瞭望沙汀。疏柳多情，几片飞叶念卿卿。　　将军台上听筝。入清音雅乐，忘了归程。寻古探今，曹风汉韵，如诗如画心怦。惬意我陶城。山寺河东峙，暮鼓砰砰。弦月弯如眉黛，隐约现寥星。

◆ 万鲁岱

曹州牡丹冠天下（新韵）

曹州鹿韭冠天下，谷雨花开动万家。

四海宾朋皆挚爱，五洲游客共扬夸。

注：鹿韭：牡丹的别名。

赞牡丹区低温催花（新韵）

牡丹绚丽动京城，无奈昙花一现中。

匠探室温调控术，寒冬盛艳赛金钟。

注：1.昙花一现，牡丹虽素有"国色天香""花中之王"的美称，

但可惜花期较短。2.金钟，即倒挂金钟，也叫灯笼花，吊钟海棠。适宜的温度下全年都能开花，尤其以春、秋季节最为繁盛。

◆ 马红霞

步蟾宫·声援西安抗疫

闻新冠请缨声涨。医无畏、警民齐上。严城以待长安街，飞雪落、但无人赏。　　山河待到归无恙。望雁塔、观兵俑样。古都华夏盛名扬，灭疫毒、凯歌高唱。

如梦令·木兰叹

柳绿春耕燕返。花绽刹那璀璨。一树木兰花，风舞晚来又乱。莫看，莫看。愁绪满怀难遣。

减字木兰花·元夕夜

上元灯市。千树夜燃花乍起。雾笼西园。苍昊皆霓羞蕊颜。　　月盈既已。烟火易凉旋即逝。刹那浮云。过往前尘皆梦魂。

◆ 马爱云

贺十九届六中全会（新韵）

不忘初心百载征，坚持创建立新功。
京华盛会春风送，细画精勾锦绣程。

◆ 马翠华

学习十九届六中全会公报有感

百年决议广传开，亿万人民喜悦怀。
不负初心图发展，求真务实促和谐。

◆ 王文胜

乘　机
大地垂书砚，苍穹作纸签。
白云真妙墨，一笔到江南。

樱　花
樱花一角栽，红日照将来。
未解园丁意，看开不看开。

秀　松
夜半怜松影，春雷万壑声。
未知风雨后，谁可解卿名。

欣闻孟晚舟女士回国
松烟飞冷雨，枫叶响深秋。
魍魅三年舞，诗书两地愁。
山川何所惧，云水自然流。
一抹红霞出，相思万里收。

龙　柏
束火弃天宫，惊波万里风。
为谁燃赤子，看我立苍穹。
仰面千年柏，低头一夕翁。
云枝栖倦鸟，晚翠老身躬。

◆ 王运思

游　园

蝶舞虹霓千瓣秀，蜂歌锦帐万重花。

清香隐隐来天外，彩韵悠悠绕故家。

赏　花

国花门外最繁华，姹紫嫣红映日斜。

柳下清风惊艳处，满园春色醉流霞。

◆ 王德金

贺十九届六中全会（新韵）

鉴往知兴盛，光辉耀百年。

启航帆腹满，决议劲风添。

祝贺菏泽高铁开通（新韵）

天香国色牡丹城，古邑诗情画意浓。

一线沉沉添锦绣，飞驰高铁架长虹。

学习十九届六中全会有感二首（新韵）

一

六中全会送东风，歌赋神州笔意浓。

奋斗百年宽广路，启航世纪美前程。

解读革命辉煌史，汲取成功智慧经。

领袖英贤民爱戴，治国方略享康平。

二

百年奋斗巨轮行，鉴往知来事业兴。
历史关头船舵稳，时间接点眼光明。
誓言牢记红旗举，使命忠诚力量凝。
领袖英贤民爱戴，运筹决策世康平。

故乡的赵王河（新韵）

玉带蜿蜒村傍过，川流鱼跃荡清波。
春阳花艳鸭嬉戏，夏日林苍鸟唱歌。
秋爽镜明呈画卷，冬寒冰碧转陀螺。
岸堤四季风光美，朝暮乡愁岁月河。

◆ 尹正仁

咏牡丹

每逢三月秀春妆，国色天姿雅韵长。
敢向东风夸富有，仙凡独占第一香。

春 日

晚风阵阵暖亭台，魏紫姚黄一夜开。
粉蝶亦知香色好，匆匆飞过矮墙来。

◆ 卢 明

牡丹赋

四月人间，东风送暖，与春共盛，唯有牡丹。

意态雍容，为众生所羡；天生丽质，非常物可攀。花大尺许，比之群卉，如高柱之于矮墩，日月之于星斗。瓣多过百，较之众花，似绣毯之于薄布，云锦之于寒烟。花肌凝脂，比之他树，象白嫂之于黧妞，嫩皮之于糙脸。花型变换，极尽富丽之态；花色纷呈，已穷五彩之鲜。花颜傅粉，恰似天外神仙；花蕊环列，犹如万根金簪。

岂止艳压群芳，更有高情可鉴。存中庸之神韵，得儒雅之心源。阴阳得宜，动静有端。旺而不躁，润而呈鲜。仪态端庄，不妖之艳；性情敦厚，不滥之宽。位高而不骄，任重而不厌。不倚大而欺小，不恃宠而狂狷。贵能携贱，暖能济寒。创高标而众生摹习，生美韵而世代留传。有此等品格，故能受蒲茅之拥戴，应松柏之赞叹。

牡丹未放，春不能尽其性；牡丹盛开，春方能称其全。些小桃李之属，见机取巧，闻风争先，故而匆匆早逝，何曾等到春满；看此牡丹之质，随节养性，厚积劲绽，貌似姗姗迟至，却成天下大观。养精而蓄锐，宁静而致远。不惜力，不弄巧，顺势而为，奋发而成。富贵乎？富贵哉！古今共求之意，谋之何须讳言；四海同盼之境，达则堪当称赞。

更可赞者，贵而有道，富而有由。娇而不媚，艳而无嫌。以沙透而性通达，拒泥淤而无迁执。安身瘠土三尺，不避辛劳千般；耐过百日严寒，方有一次盛绽。心向阳光，可得无限温暖；身滋雨露，迎来万里春天。发达而不忘其本，兴旺而善谋来年。香飘四野，随春风薰沐大地；花开万朵，把美丽带给人间。

以富贵之资，甘于奉献。花精护肤，以己之美而美人；献身为食，为人之餐而佐餐。集瓣成茶，香飘雅士之口；填籽为枕，清透平民之眠。酿料成酒，助文人雅兴；出根为药，帮病者康健。为富能仁，有爱人之情怀；为贵善怜，有助人之意愿。美哉牡丹，美于厚重，美于通达，集精华而成其势，借其势而益人间，与万类共创美景，携百草同享春天。

绵绵兮牡丹，川上山间，千年万年。得天地之灵气，赋性情于自然。故能合造物之法则，得生机于春天。美丽兮牡丹，园圃庭院，新生嬗变。合世人之心愿，寓美学之理念。故能成天下之珍物，获钟爱于人前。楚楚兮，冰玉之貌，艳压群媛；谦谦兮，君子之风，可比古贤。端庄兮，秀妇之韵，想见历代女贤。奇妙兮，逸闻趣事，引来情思万千。

国色天香，都城宫苑，有多少动人故事，代代流转。丰骨腴态，村舍田间，有多少深切情味，年年不断。佳话，奇缘，诗情画意；桩桩，件件，精神显现。绿珠殉情于旧主，化作石园之白；仙子忠诚于时令，何辞贬离长安。仙女报恩，携青龙潜卧墨池；状元眷妻，化红袍再叙前缘。红玉再生，命酬恩爱夫婿；葛巾多情，因爱嫁向远县。

太平盛世，谷雨时节，且看牡丹园中，花如海，叶无边；红绣成堆，玉球缀满；紫冠累累，黄裳灿灿；枝繁花盛，惊女羡男。

美丽哉牡丹，大气哉牡丹。谷雨时节，观花生感。面对美物，愿献诗篇，诗曰：

>何致千娇百媚身，高情积聚自芳芬。
>不争小宠方成大，能获洪福善济贫。
>玉蕊朝阳春梦暖，柔枝恋土宿根深。
>蜂蝶唤起同园舞，携手同迎万里春。

◆ 白凤英

贺十九届六中全会

百年奋斗沧桑历，再铸辉煌意识增。
不忘初心持自信，乘风圆梦国隆兴。

◆ 仝传景

夏日园憩（新韵）

蔓架红白挂，茅檐亦菜花。
雏鸡寻豸粒，黄耳嗅藤瓜。
扇椅摇甜梦，枝蝉沸苦茶。
乖孙呼用饭，不醒痒鼻颊。

◆ 朱保勤

贺十九届六中全会（新韵）

六中全会史无前，赤帜飘扬掌舵船。

更启长征追远梦，东风乘借展航帆。

◆ 朱宪华

葵　邱

葵邱多盗迹，战祸废农耕。

易帜涂鲜血，流沙粉太平。

汤汤东海梦，皎皎故园情。

猿啸王城外，心田草又生。

注：葵邱，春秋五霸会盟处，山东省东明县城东南。

参观东明县长兴村（二首）

一

百姓诚言谢党恩，新楼一改旧农村。

年年都有称时雨，步下乾宫润大坤。

二

穷庐拆掉换新家，时值农闲学品茶。

政策惠民风雨顺，院中种下牡丹花。

◆ 乔　莉

贺十九届六中全会

百年伟业写沧桑，再绘宏图续锦章。

民族复兴中国梦，红船破浪又开航。

◆ 刘臣民

贺全国文代会、作代会胜利召开（二首）

一

崇文尚武步贤仁，治国安邦掌舵轮。

业界方家今聚首，追新师古向明晨。

二

文艺精英聚北堂，红心向党话荣昌。

宏图巧绘来春景，墨染诗囊去旧装。

感 时

未雨绸缪砥砺行，和平一统再挥旌。

百年造就新天地，携手多边卫众生。

秋雨新观

细雨轻烟似早春，金花碧草晒秋醇。

千川忘岁司新景，万壑流音荡旧尘。

秋蝉悟

小树无声笑我痴，大言欺世坐高枝。

风光只识一时景，雪至春园竟不知。

又见丽日（新韵）

连天冷雨乱花飞，遍索清流两眼黑。

挥去阴霾多喜目，重归丽日少愁眉。

竹林牧牛

风摇碧翠荡空灵，向远牛童弄好声。

昔日耕犁驮暮雨，今朝空背赋清平。

贺新中国 72 岁华诞（新韵）

携手婵娟庆母生，风华绝代正年轻。

脱贫圆了小康梦，致富偕来盛世情。

北斗铿锵巡四野，神舟次第启新程。

中坚利器潜深海，坐阵云天促泰平。

缅怀领袖毛主席

一腔热血付江洋，心系苍生布典章。

力主沉浮除旧制，运筹帷幄御豺狼。

创新科技宏图展，扶助农工世绪昌。

克己奉公随众愿，辉煌思想放光芒。

田园新秋

晨风暮雨化秋凉，碧水青山易彩装。

万果凝香垂玉露，千梢弄影泛金黄。

瘟消疫去随人愿，死守严防护理忙。

又是一年丰畅景，寸苔携子好归乡。

◆ 闫淑萍

学习六中全会公报有感
百年奋斗历沧桑，积弱神州复又强。
文化自尊呈浩气，乡村巨变绝穷荒。
两条确立民心盼，十项坚持党旨彰。
全会已将前景绘，国人勇往不彷徨。

◆ 孙传仁

游曹州牡丹园
赤橙黄绿青蓝紫，正是春来菏泽时。
墨客骚人觅神韵，满园图画满园诗。

天　问
每逢谷雨漾奇香，常惹玉皇疑曲肠。
派问天香自何处？土神笑语牡丹乡。

◆ 苏庆龙

贺十九届六中全会
百年奋斗起云烟，史话辉煌万古传。
不忘初心奔富裕，复兴伟业铸豪篇。

◆ 李明江

引领者
风清气正浊邪除，万众齐心势不孤。
高屋建瓴描愿景，勤劳奋进绘宏图。

◆ 吴文双

浣溪沙·陪伴

憔悴力衰亲已老,斜阳一抹余晖照。痊愈尽欢颜带笑。　皆言老是家中宝,伺候从心多祝祷。日夜相陪行孝道。

眼儿媚·初雪

飘洒轻盈舞姿柔。飞絮落原畴。高山描白,平川染素,天舞银绸。闲观雪景吟诗句,犹叹已辞秋。一时惹动,丝丝情喜,缕缕心愁。

武陵春·冬

凛冽西风频送冷,落叶似飘蓬。满目凋零绿意穷。已是入寒冬。

人道无时不美景,四季有芳容。待等朝阳映碧空。踏白雪,觅梅红。

◆ 时维亮

访沈从文故居(古风)

独去凤凰寻旧踪,沈公音容入梦中。

故居门前再叩首,边城有幸又相逢。

◆ 宋文静

此　刻

蜻蜓点水起微波,荷叶田田鱼戏多。

莫问前程休做梦,此时当舞亦当歌。

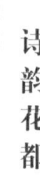

一切皆在

欲倾残酒对斜阳，突有蝉鸣三两长。

嗟此青山原也在，阵风又送晚花香。

种花人

满山杂草石嶙峋，已过经年不识春。

凛觉真真今一现，原来我是种花人。

◆ 汪其元

麒麟颂

一山一水一麒麟，齐鲁祥云有圣人。

仁兽儒风融合体，名扬天下唱千春。

走进农村看小康

走进农村看小康，千家万户着新装。

楼房座座春云起，街道条条绿树昂。

高铁门前驰美景，飞机天上望麟乡。

大妈爱跳霓裳舞，老汉闲情赶戏场。

曹州牡丹甲天下

明媚时光赏牡丹，姚黄魏紫跃雕栏。

天香艳质神情入，国色娇姿驿路宽。

少女丛中留倩影，曾孙落处戴花冠。

群芳荟萃曹州美，仙子凡间住玉坛。

◆ 张广钦

过冬至（新韵）

冷穿棉袄暖，冬至九天寒。
富户思钞票，贫家念子安。
三杯薄酒醉，五道菜肴欢。
百态人间事，真情不论钱。

◆ 张元春

元　旦

旧词吟罢唱新歌，一曲悠扬乐共和。
旦日辉临天下暖，瑞祥东至福音多。
金牛奋力兴宏业，玉虎腾威跨海河。
领袖引航追国梦，元辰欢度上高坡。

◆ 郑昌文

赓续礼赞

万里江山民做主，百年奋斗党英明。
遵循马列红旗展，逐梦图强享太平。

◆ 孟庆凤

冬至（新韵）

一阳极冷始，数九待春归。
感应乾坤气，含珠腊月梅。

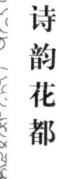

立 秋

夜半西风凉意始，百虫鸣唱扰安眠。

阳消阴长生晨露，又到星明月朗天。

正月杏花蕾（新韵）

正月初十夜，河边信步游。

良宵星汉灿，豆蔻杏梢头。

梅萼才妆梦，辛夷已敝愁。

花随节气早，衰盛有缘由。

立 夏

一声蛙噪起，立夏送春归。

初见香蒲秀，遥观鹭鸟飞。

灯明知絮乱，水漾解风微。

果木芳菲谢，从今碧叶肥。

七里晨光

郊外晨清露，缘河七里香。

野花堤岸散，桃果漫坡望。

垂线勾风月，鸣禽颂日光。

颐心皆好景，何必赴他乡？

冬雨落残（新韵）

枉爱残铺径，城中日扫空。

梧桐张手掌，五角覆红星。

匝地怜青瑟，凌空叹岁匆。

冬枝枯叶意，夜雨且踏灯。

薄雪踏晨（新韵）

午夜临窗望，琼姿未现身。

哨风惊好梦，薄玉乱芳心。

只影迎晨色，凌寒踏雪人。

浅薄难尽意，且待再纷纭。

◆ 赵统斌

咏天香

东风千里舞天香，十万丹花似海洋。

一片素心昭日月，高标独领冠群芳。

赞国色（新韵）

何色灼灼天地明，倾国已罢自倾城。

飞歌入梦醉琴韵，一朵丹花万种情。

◆ 赵勤虎

忆游曹州牡丹园（新韵）

不忍春虚度，携妻赏牡丹。
花期逢丽日，蝶影遍香栏。
人映倾城色，风消料峭寒。
归来常忆好，挥笔记流年。

游单父陈子春墓二首（新韵）

一

寒林枯草古涞寒，寂寞苍碑衰柳前。
字迹斑斓痕断续，仙踪飘渺影昏残。
羡君游迹携龙侣，叹我年华蹉杏坛。
流恋荒园栖鹤处，飞荻满眼向三官。

二

涞水环流单父西，北风浩荡草凄迷。
三官庙在仙踪远，乡老空闻龙女妻。

◆ 郝 汇

冬夜游园（古风）

低灌方圆知新裁，幽径曲延近水台。
两行宝炬接弄影，一丝清风入怀来。

寻马齿苋有感（古风）

携幼回乡寻马苋，林鸟互鸣蛙跃闲。
终日苦吟叹不得，参藏荒山诗在田。

春钓（古风）

春河粼光风拂柳，凤凰城畔钓鱼愁。

轻唤暖鸭别处去，扰我金鲤不吞钩。

春耕（古风）

春风助斜晖，农家浇地忙。

巢中咕咕鸟，笑我旧衣裳。

一锹一挓忾，怨地何其长。

待到芒种日，与吾千石粮。

薯秧行（古风）

开荒林下地，种薯伴鸟鸣。

锹走两行土，培中一垄成。

蝼蚁闻声动，惶惶遁无形。

几经修与整，巍巍棱方平。

回首观新垄，蜿蜒如蛇行。

老农叉腰笑，我言舞地龙。

顶破一沟土，插秧如称星。

银瓢甘露洒，泥手湿土封。

躬身日将夕，苗蔫歌未停。

莫嫌耕时累，饥年始重农。

◆ 郝远进

仿清平乐·观赵王河游艇

游艇虽小，岸边人不少。红男绿女竞相邀，三五朋友最好。　　缆绳轻解起锚，野马一声长啸，碧波浪尖飞跑，惹得声声讨饶！

仿临江仙·赞菏泽立交桥

昔日双河立交，几十年间称道。丹阳立交一声啸，五洲四海惊，转体第一遭！谁说鲁西落后,包袱趁早丢掉。改革路上竞奔跑。扬眉吐气日，豪气冲云霄。

◆ 俞志顺

观桥感怀（古风）

花乡水邑桥横亘，车水马龙人熙攘。
尧舜禹汤古圣王，伊尹范蠡贤良相。
孙膑兵神襄齐霸，临济义玄立禅杖。
胜之刘宴经商农，登禹思源抗倭魍。
宏图绘就百年梦，欣见孙辈弄瓦璋。

◆ 段翠兰

曹州牡丹（新韵）

城古物华人朴淳，牡丹奇艳醉浮云。
锦团含蕊露凝泪，游客熏衣蜂绕身。
花海丛间摄花影，天香国里写天真。
红消芳断暑寒过，陌野斑斓又是春。

鹧鸪天·牡丹

独放残春撒异香，尤尊魏紫与姚黄。谪仙醉唱浓华露，皮子倾夸艳未双。　　杨妃爱，武皇伤。鄙夷权势慕贤良。遍开天下呈荣贵，不负人称百卉王。

注：皮子：指晚唐诗人皮日休。

◆ 姜　方

游子思归

红梅吐蕊报新年，雪野苍茫聚冷烟。
身伴凄风千里路，心随明月万重天。
痴情似水灯无语，孤枕如冰夜未眠。
曾问归期何日定，行囊羞涩梦难圆。

春塘趣事

一方明镜锁烟霞，柳蘸清波泛碧花。
紫燕故梁寻旧所，黄莺老树建新家。
春寒枝上无蝴蝶，苇乱丛中有野鸦。
待到池塘潮满后，远抛丝线钓鱼虾。

◆ 袁玉军

巫山一段云·玫瑰

蕊裹千层玉，香吞十里园。贵妃失色黯貂蝉，阆苑不争仙。　　赠客三春后，留香两手间。谦谦楚楚妙姿焉，谁不赞超然！

采桑子·沐雨石榴花（新韵）

叩窗夜雨怜花否？昨晚初妍，风骤难眠，料想清晨一地残。　　莺啼唤醒枝枝梦，红玉谁镌？翠露轻含，一树摇丹似火燃！

浪淘沙·木槿花

生死总无穷，日日新红，朝开暮落好从容！岂惧花期唯半日，玉树临风。　　默默立花丛，无意争雄。寄心本草靖苍穹。但向江天邀皓月，鉴我初衷。

◆ 袁永波

夜登千佛顶志异（古风）

山色隐约暮云平，夜静林深无人行。

遥望云际有仙宫，华灯初张大光明。

我欲仙宫访仙人，奋身直上千佛顶。

林黑灯昏石阶白，单衣轻履上山来。

四围悄然唯足音，闲阶空余落花痕。

时见怪石黑森森，状如魑魅似虎蹲。

狰狞作势欲搏人，偶有夜鸟忽飞起。

其鸣磔磔振高林，月隐隐，雾朦朦。

恍有群鬼唱诗声，凡人到此当止步。

摇魂动魄令人惊。

我本人间湖山客，心底无私天地明。

常常来往三界内，一担明月一担风。

山灵野怪何足惧，我自吟啸且徐行。

行到月黑途穷处，忽见废寺失题名。

转身欲寻上山路，却有山妖来相迎。

似嗔似喜哭还笑，若人若兽不知名。

似进似退形不定，若隐若现却无凭。

自言闻得佳客来，苔径新扫茶初烹。

我辞但爱人间事，人妖殊途志不同。

斥退山妖林径开，弥勒大佛坐高台。

拜别弥勒再登程，直上泉城第一峰。

峰高三千六百尺，脚下天风任去来。

来时仙阁遥望放华彩，于此苍茫失楼台。

不见仙子舒广袖，也无瑶池琼花开。

唯有片月孤且高，清光照彻大寂寥。

旁有大石高数丈，人道飞来九天上。

周匝盘绕精钢练，练环硕大如磨盘。

练端系石锁，石锁重千钧。

曾有大力士，持练缚恶龙。

势如狂飚惊天地，声若霹雳动山阿。

群鬼恐惧匿踪迹，山神胆寒可奈何。

君不见

当年力士今安在，空余陈迹任评说。

君不见

赏菊阁无菊可赏，望岱亭有我蹉跎。

我自蹉跎我自知，酣然睡卧飞来石。

良久醒来忽开眼，惊见灵兽伴我眠。

其状举世未曾有，如龙如虎气不凡。
其色如夜眸如月，灼灼可见人肝胆。
见我醒转亦坐起，两爪如揖作人言。
自言本是良家子，才高不遇世同嫌。
五百年前登此顶，留恋不复记前程。
年年采菊南山下，岁岁喜酌杏花红。
浮生如梦年华老，埋身慈云涧底松。
魂魄不肯归乡去，化作灵兽守此峰。
头顶天上风与月，足踏人间万家灯。
今宵遇君白石上，方知寂寞古今同。
言毕纵身入深林，化作清风无处寻。
我亦寻路下山去，不带佛祖一片云。

花事尽

那一日，与同好二三，赴子虚县乌有村，游于花林缤纷中，当是时，天清云淡，风熏日暖，花开到荼靡，风来，瓣落如茵，令人惆怅欲醉。有一妙龄女子，着古装，拖水袖，轻舞于花落花飞之间，莲步凌波，红袂飘举，虽无丝无竹，而宫商角徵宛然在耳，分外哀丽。归来，取其意，得句如下：

犹记得去年时花事恁好，闲画了三两枝桃花妖娆。
蜂为媒蝶为使嫁与春风，令人喜令人醉惹人闲愁。
扶风软照水明曾羞人面，开落间韵致极甜了歌喉。
花开时红烂漫拥云堆雪，花落去雨纷纷凄美平林。
瓣叠叠茵重重铺锦叠绣，任芳华都随了无情水流。
而今春花期短花事不待，不经意三五日零落渐芜。
我欲把心中事写作花信，恨飞鸿不肯作美意传书。

小园内花枝上瘦红几朵，情深深笑浅浅欲语还休。

离恨长花期短花落人怨，曲栏边把落瓣又叹一番。

◆ 袁志民

洙河山影

云霞五彩遇仙姑，天籁清音有却无。

王母银簪今又动，一山画出入洙湖。

踏莎行·麟野秋望

落叶轻摇，黄花易老，一行大雁天边小。秋凉旷野静无人，木桥隔岸青藤绕。　　树影婆娑，水光闪跳，余晖云映丹霞照。登高眺望夜迷茫，长空不见归林鸟。

清平乐·麟城初冬

初冬时节，碧水清澄澈。昨夜北风寒凛冽，晨练未曾停歇。　　楼影倒映洙河，诗人举酒高歌。玉女临窗作画，对月两个嫦娥。

◆ 郭心广

琴艺（古风）

千年古桐木，百遍松油香。

仿若凤凰栖，弦动音绕梁。

小酌（古风）

山从险道寻，水在静中悠。

尘随琴音尽，对酌天外柳。

曹州（古风）

四泽十水鱼米仓，未几何时成往常。

洪水虐汝千百遍，外圆内方一城香。

◆ 桑仁桥

本溪红叶

车驾本溪暖似家，秋风雁阵酒旗斜。

晚霞辉映枫林醉，叶红何逊二月花。

登神木天台山

疑是刘郎访洞天，雨余芳径袅晴烟。

迎来仙女笑相问，知在蓬瀛第几山？

〔中吕〕十二月带过尧民歌·游泰山

倚车窗云山隐隐，近岭前松柏森森。十八盘上人流滚滚，五大夫松下诗絮纷纷。望飞瀑珠玑阵阵，观日亭醉脸醺醺。（过）才诗吟又要诗吟，才登寻又要登寻。一厢厢新貌替旧痕，攀登人过又攀登人。莺啼绿荫，快意添几分，雄心增几寸。

◆ 桑贤春

菩萨蛮·贺十九届六中全会决议

铿锵决议开航日，乘龙云海欢声入。任凭浪涛喧，稳平复兴船。　百年风雨雪，锦绣春风撷。万众热潮情，江山代代青。

菩萨蛮·于壮利老师国画花鸟条幅展

长廊画展春光暖，壁悬美学衔花满。胸腹几多秋，艺文心上留。　　墨倾如若酒，纸素乡情柳。写意一生缘，修身远志天。

菩萨蛮·菏泽青年湖畔风光拍摄

青年湖畔粼波小，网红光景秋风到。宝塔紫辉开，斜阳余影裁。　　光圈忙不已，焦点入云里。怎惧手双凉，美图若墨香。

◆ 寇素华

贺十九届六中全会

空前盛会似和风，万里旌旗烁烁红。

大业开承迎旺茂，蓝图又启颂昌隆。

初心不忘扬鸿志，使命担当立骏功。

华夏新姿长画卷，霞辉再沐更昭融。

◆ 窦从海

贺菏泽牡丹机场通航

往返银鹰动古城，花都一片赞扬声。

曹州实现飞天梦，大美五乡更盛名。

牡丹区蝶变

城乡今日惊人眼，旧貌无踪大变迁。

简陋棚区成过去，崭新楼院互毗连。

旅游吃住事方便，歌舞休闲景美全。

虽达小康仍奋进，不忘初衷志冲天。

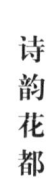

反腐倡廉

曾有成功多贡献,歧途落马坠当前。
弄权渎职殃家国,变节违章贪色钱。
明晓邪门偷溜进,偏离正义受诛鞭。
倡廉拒腐风清正,不忘初心一世贤。

◆ 戴朝阳

大雪咏牡丹

蓝水湾湾栖野鸭,清幽阵阵绕寒家。
枯枝偏蕴黄金蕊,怒向苍天发嫩芽。

◆ 李景香

游牡丹园

春风,抓一把颜料洒向大地
晕染绚烂的画卷
阳光,为其加上浓墨重彩的一笔
交织一片花的海洋

牡丹尽显高贵,芍药不输芬芳
迎春、月季、海棠、蝴蝶兰……
红黄紫粉,各展姿色
只为博得游人青睐的目光

漫步园内,心情自由奔放
沉浸于这世外桃源

幻想自己，是一只小蜜蜂

起舞在花丛之上

嘘，莫惊动近旁那一朵

小小的蒲公英

正聚攒力量，日渐丰满

她，怀揣着一个斑斓的梦想——

带着家乡亲人饱满的希望

向着广袤的蔚蓝，进发

携一缕清风

掬一捧春光

轻轻放进人生的行囊

哦，好一个醉美天堂

乡村风光

蓝天白云，绿树掩映

小小的院落，一户户人家

纵横交错，高低不一

微露着屋顶的红砖青瓦

母亲侍弄着小菜园

黄瓜、豆角、茄子、辣椒

葡萄藤爬满了架

石榴树藏着点点红花

还有睡懒觉的猫咪，觅食的鸡鸭

午后的阳光

捧一本书，沏一杯茶

坐看云卷云舒，静听鸟鸣虫吟

任风儿拂过亲吻脸颊

夕阳西下

一缕轻烟天边斜挂

窄窄的小道上

草帽金黄，铃儿叮当

放羊的爷爷扬着长鞭

一声声吆喝婉转悠长